文春文庫

将軍の子

佐藤巖太郎

文藝春秋

目次

将軍の子　7
跡取り二人　39
扇の要《かなめ》　75
権現様の鶴　115
千里《ちさと》の果て　151
夢幻の扉　185
明日に咲く花　229
主要参考文献　272
解説　本郷和人　274

将軍の子

将軍の子

部屋の戸は閉め切られていた。それでも秋の薄い陽射しが、壁面の腰高障子や火灯窓から室内まで届いている。

音をたてぬように長持ちの木蓋《きぶた》を開けて、静かに横に置く。一番上に重ねられた赤い絹織物の着物と白い帯が、すぐに目に飛び込んでくる。目当ての品は長持ちの底にあるはずだ。隅の方からそっと両手を入れて手探りで探すが、そうしている間にも胸の高まりは増す一方だった。

着物から漂う香に似た匂いが鼻を突いた時、探った手がしっかりと辿り着いた。

祝い着の小袖――。

息をするのももどかしい気分で、幼子《おさなご》のための小袖をつかみだした。指は、それ自体が意志をもったかのように生絹《すずし》の感触を楽しんでいる。

両胸の位置には黒地に白色で染められた家紋。四つ割り菱は、武田家の家紋だ。巷《ちまた》では武田菱と言われている。背には軍配団扇《ぐんばいうちわ》と矢の絵柄が描かれている。紋様を見つめていると、背後で幼子が寝返りをして衣擦れの音をたてた。

瞬時に、生唾を飲み下した。振り返って布団の上に横になった顔を見据える。機嫌は良さそうだ。

肝心なのは、着替え終えるまで泣き出させないことだ。泣き声が届けば、屋敷の者が、何事が起きたかと訝《いぶか》しがるに決まっている。

枕元まで忍び足で近づき、正座して息を整える。小さくて柔らかい体をゆっくりと抱え上げて、ねんねこ半纏《ばんてん》をいそいそと脱がす。

三月ほど前は、小袖が一回り大きかった。だが、幼子の成長は早い。今なら袖丈がちょうど合う頃合いだと予感した。

笑顔を見せて、あやしながら小袖を着せた。どうやら泣き出す気配はない。紋付きの祝い着に包まれた幼子は、凛々《りり》しい顔で自分を見返している。

勝千代《かつちよ》の小袖は、この子の体にぴたりと合っていた。あつらえた直後のように寸分も違っていない。

じっくりと顔を覗き込む。勝千代にそっくり。そんな気がした。

わが子のつもりで抱きしめると、力を込めた指がかすかに震えた。幼子はいやいやをするように腕の中で背をそらせた。その動きで、少し自分を取り戻す。

今日だけだ。そう言い聞かせた。この子は、勝千代ではないのだ。思い入れが強すぎれば、現実を受け入れるのがつらくなる。

息を整えてもう一度、目を合わせる。物悲しげな母親の涼しい瞳を受け継いでいる。その目の光を見ながらほんのわずかな時の間、その子の父親を想像した。もし武家の子なら、武田家の勝ち戦さの話を聞かせてやりたい。武家なら誰もが聞きたがるわが父の話を、いつかこの子が大きくなったら……。

ふとため息をついた。

いや、よそう。打ち消すようにかぶりを振った。

今日だけ、と、もう一度言い聞かせた。勝千代の小袖を着せるのはこれが最後だ。だから、もう少しだけ……。

張り裂けそうな感情に身を焦がしながら、体をよじる子をさらに強く抱きしめた。

一

(将軍様のわこ……)

見性院《けんしょういん》は、耳を疑った。

「いま、何と申されましたか」

幕閣の土井《どい》大炊頭利勝《おおいのかみとしかつ》に向かって聞き返すと、落ち着いた声が返ってきた。

「おしづの子の父親は、上様にございまする」

おしづの白い頰を思い出した。彼女はよく、伏し目がちに佇《たたず》んでいた。

女中をひとり、預かってはもらえませぬか。そう頼まれた時から、込み入った事情がありそうだと予感はしていた。もしかすると女癖の悪い旗本にでも引っかかって捨てられたのかもしれない。そんな勘ぐりさえ頭をよぎったが、面と向かって問いただしてはいない。頼んできたのが、武田家と誼《よしみ》のある大姥局《おおうばのつぼね》だったからだ。

大姥局は将軍徳川秀忠《ひでただ》の乳母。今は奥方を取り仕切っている。彼女の亡夫が、見性院の夫・穴山梅雪《あなやまばいせつ》配下の組士だった繫がりから、黙って引き受けたのだ。頼んできた時、詳しい事情は明かさなかったし、おしづも何も言わなかった。

まさか相手が公方《くぼう》様だとは――。

大姥局の腰元なら、大奥に付き従うこともあるだろう。その縁で将軍秀忠の目に留まったのかもしれない。

だが、それにしては不可解だった。

「公方様のわこを身ごもったのなら、なにゆえにおしづを城内に置かなかったのですか」

将軍の子の母親なら、大奥に迎えられないのはおかしい。その立場にふさわしい処遇があるはずだった。

「おしづは大奥に上がったばかり。まだ仕事にも慣れておりませぬゆえ、気苦労を減らそうと考えた次第にございまする」

大炊頭の目が一瞬泳いだのを、見性院は見逃さなかった。

「かりにも御部屋《おへや》様になったにもかかわらず、宿下がりとは……。御台所《みだいどころ》様はご存じなのですか」

「申し訳ございませぬ。内々の諸事に関わりますことゆえ、詳しくお話しできません。見性院様におかれましても、どうか内密の話とお心得くだされ」

大炊頭は幼い時からの将軍秀忠の傅役《もりやく》で、いまでは側近中の側近だ。嘘とごまかしを嫌う律儀者と言われている。見性院の問いにも、見え透いた嘘でその場をしのごうとはしなかった。だが、口外できない事情があるということか。

将軍家にかかわる秘密があるなら、見性院とて深入りはできない。大炊頭の顔を見つめたが、それ以上何も読み取れなかった。

事情はどうあれ、あの幼子が徳川将軍家の血を引くのはもはや間違いない。その事実に、改めて驚かされる。無邪気な男の子の柔らかな感触は、まだ両手に残っていた。

出産は、見性院の知行地である足立郡大牧村《あだちぐんおおまきむら》に送って迎えさせた。子どもが生まれた今、おしづと子は神田白銀町《かんだしろがねちょう》の親類宅に身を寄せている。親子を迎えた神尾《かんのお》家の者たちは、産後の肥立ちが良くない、などと言葉を濁していたが、将軍の子とその母だから、目の届く場所に置いて面倒を見るつもりなのだろう。

「公方様の御子《おこ》と知り、これまで幸松丸《こうまつまる》の世話をしてきた肩の荷が下りました」

見性院は、子どもを幸松丸と呼び捨てにしていた。口にしてみて思い至った。

「これからは、呼び方にも気をつけねばなりませんね」

大炊頭が首を振った。

「今までと同じ呼び方でかまいませぬ」

「それはまた、どうしてでございましょう」

その問いには答えず、大炊頭はゆっくりと茶に手を伸ばした。そのまま味わうように喉《のど》を潤す。逸材と言われる男とは思えぬ素朴な笑顔を浮かべながら、飲み干した茶碗を静かに置いた。

「武田家の名跡が断絶して以来、そろそろ十年になりますか。早いものです」

そう言われた途端、胸の奥に重く疼《うず》く痛みがあった。

「すべては運命《さだめ》ゆえ、それも致し方ありませぬ」

見性院は、動揺を隠すように感情のない言葉を口にした。

「見性院様の実の御子とご養子は、お二人ともお亡くなりになっています」

それが見性院の傷に塩を塗る言葉だということを、大炊頭は知らない。胸が締め付けられるような息苦しさを感じながら、平静を保つために握った拳の中で爪を立てた。そうしなければ、卒倒しそうなあの気分がまた押し寄せるはずだ。

見性院の父は、武田信玄《しんげん》。夫の穴山梅雪は、親族衆筆頭の重鎮だった。だが、信玄が没すると、武田家宗家は衰退の一途を辿り、三十年前に勝頼《かつより》、信勝《のぶかつ》父子の死により滅びた。

その後、武田の名を利用しようとした徳川家康が、その名跡に目をつけることになる。家康は最初に、見性院の息子・勝千代に武田家を継承させた。が、その勝千代は疱瘡《ほうそう》で早逝してしまう。つぎに、家康が側室に産ませた子の七郎信吉《しちろうのぶよし》に武田の名を継がせたものの、その信吉も二十一の時に病死してしまった。

武田家を再興するという見性院の夢は、かなったかに思えた矢先、そのたびに潰《つい》えた。これ以上宗家一門の死を見たくないと、強く切願するようになったのはそれからだ。

「昔話をなさりに来たわけではないのでしょう」

「むろんにございます」

「それで御用のおもむきは、どのような……」

大炊頭が身を乗り出した。

「見性院様は浄鑑院《じょうかんいん》（武田信吉）様をご養子になさいました。こたびも、生まれたわこをご養子として養育していただけませぬか」

馬鹿な……。

指先がしびれるような感覚があった。七十をすぎ、皺に覆われた自分の手の甲に目を落とした。

考えるまでもない。あの頃と今は違う。

目の前では、切れ者と名高い大炊頭が頭を下げている。

「お頼み申しまする」

見性院は感情が表に出ないように、息を整えた。

「おしづは今まで通り面倒を見ましょう。神田よりこの屋敷のほうが住みやすいとあれば、ここに越してくればよいと思います。幼子を育てるのも厭《いと》いませぬ。私も、幸松丸が……幸松丸殿が、そばにいてくれるのはうれしい。しかし、ここは女所帯ゆえ、いずれどちらかへと出さなくてはなりますまい。ご養子の件はお引き受けできませぬ」

見性院の答えを、大炊頭が訝しんだ。

「それはまた、いかなるわけでございましょうや」

見性院は率直に心情を吐露した。

「男の子にはやはり、男親がなくては……。今はもう、私の手に負える話ではありませぬ。夫とわが子勝千代、そして養子の信吉。それぞれの菩提《ぼだい》を弔《とむら》い、静かに暮らしたいのです」

見性院の哀しみは、なまじ子がいたゆえの苦界。子をもったから、その死に接して母親の哀しみを味わった。子をもたなければ、これ以上苦しむこともない。

「見性院様は、ご自分を不幸だと思われまするか」

大炊頭が、見性院の憂いを見透かしたかのように訊《たず》ねた。

「私が自分を憐れんでいるか、とお訊ねですか」

「そうは申しておりませぬ」

「なぜ私ばかりがこんな目に遭うのかと思っています。そう、表裏者《ひょうりもの》を夫にもち、夫や子を亡くした自分を憐れんでいます」

「されど武田の名が途絶えるのは惜しいことです」

「もはやどうにもなりませぬ」

齢《よわい》七十の坂を越えた見性院には、大炊頭の言葉が空虚《うつろ》に乾いて響いた。

二

数日後、見性院の勧めもあって、おしづは幸松丸を連れて屋敷に移ってきた。江戸城田安門《たやすもん》近くの通称比丘尼屋敷《びくにやしき》は、徳川家康から与えられたものだ。信玄に畏敬の念をもつ家康は、それに加えて、武蔵国《むさしのくに》大牧村にも知行六百石を授けてくれた。

二人が屋敷に来てからも、見性院の日課は変わらない。小座敷でいつものように読経をしていると、家人が来客を告げてきた。

ここに通すように伝えると、案内されて現れたのは総髪の男だった。

「こたび大坂《おおざか》に赴くことになりましたゆえ、今生のおいとまを告げに参上したしだいにございます」

瘦せた顔を向けながら挨拶したのは、栗原熊次郎《くりはらくまじろう》という名の武田の遺臣だ。かつては武田家の小人頭として奉公した家柄の者だった。

見性院のもとには、武田家の遺臣たちが時折顔を見せる。中には主家滅亡により禄を失ったために食うや食わずの境遇に陥ってしまった者もいる。そうした武田遺臣の面倒を見るのも役目のうちで、栗原にもかつて世話をしてやった経緯《いきさつ》があった。

「上方《かみがた》に行くのですか……」

見性院は、甲斐国《かいのくに》より西へは行った経験がない。まだ見ぬ大坂という地が、上方にあるというぐらいのことしか思い浮かばなかった。麦湯を勧めながら、栗原に訊ねた。

「して、上方には何用で行かれるのですか」

「そのことでございます。大坂方が、働き口を求める者を雇っていると聞き及びました。見性院様にはこれまで何かとお目をかけていただき、お礼の申し上げようもありませぬ。熊次郎、御恩は一生忘れませぬ」

栗原が真顔になると、事情を話しはじめた。

亡き太閤の遺児秀頼《ひでより》公が二十一になり、徳川家から政権を移譲される日に備えて、豊《ほう》家《け》が人材を求めている。牢人者であっても、働く場所には事欠かない。機会があれば、九度山《くどやま》の真田信繁《さなだのぶしげ》にも目通りを願うつもりだという。

戦さがあれば知行を増やせるが、戦さがなくなれば自らの手で糧食を得るにも困るようになる。それが武士の定めだった。栗原は大坂で一旗あげるつもりのようだ。

栗原の話は、見性院に複雑な思いを抱かせた。家康も秀吉も、武田にとっては敵《かたき》だったが、いまや見性院は徳川の庇護を受けている。

「なぜ大坂を頼るのですか。徳川も人を求めています。江戸で奉公先を探せばよいではありませんか」

栗原が面食らったように一瞬、たじろいだ。言葉を探す素振りを見せると、見性院様の前では言いにくいのですが、と、切り出した。

「もとはといえば、穴山様が徳川の味方についたために、武田の命運が決まったのです。徳川の下では働けませぬ」

事の発端は、長篠《ながしの》・設楽原《したらがはら》で武田家が織田・徳川連合に喫した大敗である。無敵と恐れられた甲州武田軍団は織田・徳川連合の前に壊滅的打撃を受け、歴戦の宿将たちの大半が討死を遂げた。幸い、夫の梅雪は生きて帰還したが、家中には嫌な噂が流れた。親族衆筆頭で勝頼を支えるべき穴山隊が、敗色濃厚となるや真っ先に逃げ出したというのだ。

そんな噂が流れるのも無理はなかった。穴山家の家臣たちは、物頭《ものがしら》から足軽小者に至るまで軍装の汚れた者がいなかったからだ。

「家中には穴山様を露骨に非難する者もおりました。春日《かすが》（虎綱《とらつな》）様などは、『逃げ帰った梅雪を切腹させよ』といきり立ったものでした。穴山様が徳川に走られたのは、そうした家中の雰囲気にも理由があったのかもしれませぬ」

天正十年（一五八二）、織田信長・信忠《のぶただ》父子が武田を攻める中、突如、梅雪は居城の駿河《するが》・江尻《えじり》城を明け渡し、敵の徳川家康に臣従の誓書を差し出したのだ。

これにより、重臣たちはなびくように次々と勝頼を見限り始める。織田勢は瞬く間に信濃《しなの》を蹂躙《じゅうりん》し、その勢いで甲州に攻め入ると、ひと月ほどで勝頼は自刃した。

「穴山様の裏切りがなければ、四郎（勝頼）様も、あのような悲惨な最期にはならなかったと思えてなりませぬ」

すぐには声が出なかった。夫にすべての責めを押しつけるのは、虫がいい話に思えた。

じっと聞いていた見性院は、おもむろに口を開いた。

「では、そなたはなぜ、最後まで四郎に付き従わなかったのです」

勝頼自刃の時まで従っていたのは百騎に満たなかったという。勝頼父子の首級《しるし》は京都に送られ、一条大路の辻で梟首《きょうしゅ》された。

「……」

栗原が沈黙した。俯《うつむ》いている。突然、両手で拳を作り、自分の頬を叩き始めた。

見性院があわてて止める。

「おやめなさい」

栗原は、顔を覆ってむせんでいる。

「そうなのです。すべては武田の者が四郎様を見捨てたからなのです」

勝頼を裏切った穴山家は、甲州河内と駿河の本領を安堵された。武田氏の名跡を嫡男勝千代に残すことも了承された。

だが、これを境に穴山家に異変が起こり始める。

本能寺で明智光秀の謀反が起きると、家康に従って堺《さかい》にいた梅雪は、駿河への帰路の途中で殺害される。梅雪は家康から遅れて移動することになった。そのために、家康追討の命を受けた一揆勢に家康と間違えられたのだという。

因果応報――。

世間はそう噂した。梅雪を表裏者と見る者たちは、梅雪の死を聞いて祝杯をあげた。

栗原の声は掠《かす》れていた。

「それ以後は、まるで祟《たた》られたようでした。跡を継いだ勝千代様までが、すぐお亡くなりになりました。あの出来事もただの星回りなのでしょうか」

あれは、庭の紫陽花《あじさい》が、紫の花弁を眩しいほどに輝かせている季節だった。初めはただ咳き込んでいた勝千代の体からしだいに熱が発し、顔は真っ赤に火照《ほて》るようになった。開花した紫陽花があちこちに増えていくのと同じように、数日で全身に発疹が広がり、疱瘡だと知れたのである。疱瘡にはどんな薬も効かない。咲き誇る紫陽花とは裏腹に、勝千代は弱っていった。

してやれることといえば体の汗を拭きとるだけの見性院は、不甲斐なさに焦燥を重ねた。食べ物を口にしなくなった勝千代を前に、きっと治ると励まし続けた。

勝千代も、弱音を吐かなかった。苦しいとか、つらいという言葉は一度たりとも聞かなかった。しかし高熱を発しながら黙して耐える姿に、ふと早く楽になってほしいと思う気持ちが芽生えた。眠るように息を引き取った時は、涙を流しながらもほっとする自分がいた。

勝千代にふれるたびに伝わってきた熱を、いまだに手が覚えている。

「仏の教えのとおり、有為転変《ういてんぺん》は世の習い。武田家の辿った衰運は、人ひとりの力ではどうにもならぬものです。栗原殿が行いを悔やむ必要はありませぬ」

夫の梅雪は表裏者ゆえに世間から後ろ指を指されたが、人は誰しも裏と表をもっている。家の滅亡が迫った時、忠義を捨て利に走ったからといって栗原を責めたりはできない。

見性院が慰めると、ひとしきり感情を吐露して気が晴れたのか、栗原は立ち上がった。

「お恥ずかしいところをお見せしました。お忘れくだされ」

そう言って旅に出ようとする栗原を、餞《はなむけ》に少しばかりの路銀《ろぎん》をもたせて門の外まで見送った。

夫梅雪の死、嫡男勝千代の死、養子となった信吉の死……。見性院が抱く思いも、栗原の思いとさほど変わらない。武田家再興の望みは見性院の身に不幸をもたらす。期待が大きければ、失望もまた大きい。だから過度な望みを捨て、自分を憐れみつつ毎日の読経を繰り返すのだ。

門に入ろうとする見性院は、自分に向かってくる人影を認めた。近づいて足を止めたのは、若党の野崎太左衛門《のざきたざえもん》だった。屋敷の警固を担当する男だ。

その険しい顔に驚いた見性院が声をかけた。

「どうしました」

「近頃、このあたりでは見かけぬ風体の者が屋敷の周りをうろついております。いつもの城内警固の者たちとは別のようなのです。そのことをお知らせにあがりました」

言いながら、通りの向こう側を見回した。

「見かけぬ風体の者というと……」

「相手の素性がよくわかりませぬ。見性院様、先ほど参られたのは、栗原殿でしょう。

大坂に向かうと聞きました」

「ええ」

「大坂城には、秀頼公に将軍の座を禅譲すべきだと考える輩《やから》も集っておるようです。いずれ徳川と豊臣の間に騒動が起きるかもしれません。大坂方との密通などと、あらぬ疑いをかけられることの無きよう、お気をつけくださいませ」

野崎は言いながら、目をしばたたいた。

もとより見性院に大坂方との繋がりなどない。だが、外様《とざま》大名の中には、幕府から監視対象になっている家もあると、まことしやかに語られている。

徳川への忠誠を疑われぬよう、今後は気をつけなければならないと自省した。

三

庭の木々の葉が北風にあおられて舞う日の昼過ぎ、見性院は知行地大牧村から屋敷に戻った。門を入ると、家の者が小走りに見性院を迎えた。

「城内の大奥御年寄《おとしより》と申される御方が先程よりお待ちです」

小声で耳打ちしてきた。

「どのくらいお待たせしましたか」

「四半刻《しはんとき》ほどでございます」

大奥御年寄といえば、大奥を取り仕切る実権をもち、表の宿老にも匹敵する。高貴な方を待たせすぎている。そう思ったが、相手は最初から待つ気だったらしく、自ら指示して奥座敷に通させたという。

「主人の帰宅は遅くなると申しましたが、いっこうにかまわないと仰《おお》せでした」

急いで草履を脱ぎ、身支度を整えた。

次の間で襖《ふすま》の前に座り両手で開けると、床前の一畳に座って待っていたのは、自分と同い年ぐらいの大垂髪《おおすべらかし》の老女だった。細面と表情がうかがえぬ細い目が古狐を想起させた。

「御台《みだい》様の使いです。申し渡すことがあります」

奥女中たちを取り締まる役目に慣れているせいか、見性院に対してもどこか上からの物言いだった。

「何事でございましょうか」

慇懃《いんぎん》な声で、見性院も身構えて答えた。

「この屋敷に、上様の御子がおられるそうな。相違ありませぬか」

老女の目がまっすぐ見据えてくる。

見性院は返答に迷った。御台所は、大炊頭から事情を聞いたうえで使いを寄こしたのかどうか。その判断がつかなかった。話の出どころが別ならば、大炊頭との口留めの約束を反故《ほご》にするわけにはいかない。

相手の出方を見つつ、出たとこ勝負の成り行きまかせで話の方向を探るしか手はなかった。

「さように畏れ多い噂を流すのは、いったいどこのどなたでございましょうや」

「はて、噂ではなくて、まことのことかと思いますが」

老女は歯牙にもかけなかった。その表情には、なじる色が浮かんでいる。

「先ほど屋敷の庭の隅に、幼子の白小袖が干してありましたわ。いずこのわこさまがおられますのやら」

「たしかに赤子はおりまする。しかし、大樹《たいじゅ》様のわこさまが、かように汚い屋敷にいるとお思いになる理由がわかりませぬ」

見性院があくまでしらを切ると、老女が睨《にら》みつけてきた。

「大姥局付きの奥女中のひとりが上様の御子を身ごもったのちに、姿を消しました。この家に出入りしているその者を見たとの注進が、わらわのもとに集まっておりまする。大姥局様には御台様もお心を痛めあそばされておりますが、長年の局のお仕えを考えればみだりにお叱りすることもできませせぬ」

老女の言葉で、見かけぬ風体の男たちの素性が知れた。大坂方との密通の疑いなど、見当違いでしかなかった。見張りは、江戸城大奥の配下の者たちに違いない。御台所の指示で、見性院やこの屋敷を探っていたということだ。

おしづは外へは出していないはずだが、あるいは神田から屋敷に戻ったところを見られたのかもしれない。見性院は迂闊《うかつ》を悔いて唇を嚙んだ。

老女の口の端がかすかに持ち上がる。抑揚のない声で会話を続けながら、内心で笑いをこらえているのだ。そのうえで駄目押しともいえる言葉を放った。

「そもじがここにいらっしゃる前に、茶を運んできた女に尋ねました。この屋敷に移ってきた母子のうち、母の名を忘れてしまいました、なんとおっしゃるか、と。女はすぐに教えてくれました。……おしづと」

見性院は目の前の老女の器量に驚いて相手を見返した。刹那《せつな》、二人の視線が交差した。

沈黙ののち、先に言葉を発したのは老女のほうだった。

「これ以上の問答は無用であろう。御台様のお沙汰を申し付けます。上様の血を引く男《お》の子《こ》は、御台様が引き取り、しかるべくお育てになられます。それが御台所の本分との仰せです」

返そうにも言葉が見つからない。黙り込む見性院に、老女がたたみかける。

「後日改めて、上様の御子を引き取りに参ります」

腰を浮かせながら最後に、しかと心得ましたか、と聞いた。

見性院はそれにも答えなかった。老女が席を立ち、座敷を出て行く後ろ姿を目に焼き付けた。

その日の夕方、おしづとその他所縁《ゆかり》のある者たちが、屋敷に集まった。

おしづ、おしづの弟の神尾才兵衛《さいべえ》、おしづの姉婿の竹村助兵衛《たけむらすけべえ》、見性院配下の野崎太左衛門、大炊頭の命を受けた町奉行の米津勘兵衛《よねきつかんべえ》。皆、急な話に重い表情を浮かべている。

見性院は、御台所の申し出を伝えた。幸松丸を引き取るというその申し出を受けるべきかどうか、自分の一存では決めかねていた。

「今さら幸松丸様を引き渡せ、と言うのですか」

皆が顔を見合わせた。とくに神尾才兵衛の動揺は激しく、肩を震わせて憤っている。

「御部屋様としての扱いを受けぬまま、おしづはひとりで産んだのです。いまさら御台所が引き渡せと申されても承服できません」

それを聞いた奉行の米津が、冷静な口調で説明した。

「御台様は正室の立場から、上様の御子の養育の職分を申し出ております。一方、おしづ様は御部屋様でさえなく、御台様のお許しなくば大奥に入ることすらかないませぬ。しきたりに照らせば、わこさまの取り仕切りに関しては御台様に分があるかと……」

米津の言う通りだった。一家の主人が側室を迎えるに当たり、正室の許可がなければ執り行えないのは、どの家でも普通のことだ。御台所は当たり前の要求をしている。

「米津殿の仰せはごもっともです」

御台所の申し出が正論である以上、見性院も米津に賛同の意を表した。

だが、大炊頭が答えなかった疑問を、改めてぶつけてみた。

「公方様は、おしづを側室にする許しを、なぜ御台所から得なかったのでしょう。何か心当たりがありますか」

米津が小声で、なぜでしょうか、と呟《つぶや》いて苦渋の表情を浮かべながら下を向いた。

その仕草を見ながら、世間の噂は本当かもしれないと、思い当たることがあった。

風説がある。受け身の性格の将軍秀忠は、六歳年上の御台所・お江《ごう》に頭が上がらない。いわれのない中傷だと思っていたが、案外その通りのような気がした。

お江の妬心の強さゆえに、将軍秀忠は側室をもたない。もしそれが理由なら、将軍秀忠がなぜ幸松丸を城に引き取らなかったのか、説明がつく。

「なんとかなりませぬか」

神尾才兵衛が声を荒立てた。

一同は押し黙ったままだ。おしづにいたっては、今にも泣き出しそうな表情を見せている。

「御台様に御子を引き渡すしかないのか」

竹村助兵衛が絞り出すような声で呟いた。

静寂が続いたのち、沈黙を破ったのはおしづだった。

「ここにいては、皆様の迷惑になるようです。かといって、御台様に幸松丸を引き渡すことはお断りいたします。わたしが、あの子を抱えてどこぞに逃げるほかないと存じます」

意外だった。普段は物静かでおとなしいおしづから、そんな言葉が飛び出すとは予想もしなかった。

それを聞いた野崎がおしづに問いただした。

「なぜ御台様をそこまで避けようとなさるのです」

見性院は、おしづを見つめた。

涙をこらえるおしづの目に怒りが浮かぶのを見た。

「懐胎がわかった時、大奥付きの産婆から伝わったのだと思います。御台様から、ご進物が届きました。その中身が、根のついた鬼灯《ほおずき》でした――」

誰もが絶句した。鬼灯の根には毒があり、子を流す際に用いられる。御台所が暗に「流してしまえ」とおしづを脅したのは明らかだ。

もし、安易に御台所に引き渡せば、幸松丸の身に危険が伴う。幸松丸をかくまったのは、大姥局にもおしづにも、苦悶の果ての決断だったのだろう。

満開の紫陽花が脳裏に浮かんだ。見性院の胸の奥には、咲き誇る紫陽花の中、勝千代を失ったあの夏の日がある。幸松丸を抱えてひとりで逃げるというおしづを見捨てるのは、あの日の自分を見捨てるに等しい。

「何か案はないのですか」

神尾才兵衛の悲痛な声が耳に響いた。

見性院は、老女の冷徹な目を思い出した。彼女の心は読めなかった。表情がないからだ。心の中に滾《たぎ》るものを感じない。よく知る武田家の者たちとは違う。

そう思った途端、風になびく武田菱の幟旗《のぼりばた》を見た気がした。見性院の胸に温かいものが湧き上がる。老女と向かい合い、言い負かされた時の情けなさはもうなかった。自分の体を流れる武田の血が騒いだような気がした。滾りはまだ自身の中にあった。

意を決して呟いた。

「ひとつだけ手があります」

四

極月《きわまりづき》の朔日《ついたち》。

今にも雨を降らせそうな雲が空を覆う寒日だった。幸松丸を迎えに、使者を送る。そう御台所が告げてきた日になった。

以前やってきた大奥の老女が再び現れた。

菊模様の打掛姿で、見性院に近寄る。

「わこさまをお連れします。お渡しやれ」

返事がないのを見て、もう一段大きな声を出した。

「預けた御子をお渡しやれ」

見性院は静かに答えた。

「見当違いをなされております」

「どういう了見ですか」

老女は眉一つ動かさずに詰問した。

「お預かりしたのではございませぬ。この見性院の養子としてもらい受けたのでございます。今では私の子でございますれば、御台様とて、武田を継ぐ者をよこせとは言えますまい」

一気に伝えた。

それを聞いた老女が睨み返してきた。

「ご養子にする、と」

「すでに養子にしております。大炊頭殿を通じて伝えられた上意です」

上意と聞いて老女の顔色が変わった。

間髪を入れずに、背後の襖が静かに開く音がした。

意表を突かれたのか、正面から襖を見ていた老女の顔に驚嘆の色が表れた。つられるように見性院も後ろを振り返った。

その瞬間、息を呑んだ。流れる空気が波立ったかのような錯覚を抱いた。

立っていたのは、幸松丸を抱いたおしづだった。

両胸に武田菱の入った小袖が、幸松丸に着せられている。小袖を着せるように言い含めておいたのは見性院だが、身にまとった姿の艶やかさに我を忘れた。

おしづが何かを口にしたわけではない。だが、老女はおしづに向かって両手をついてお辞儀をした。いや、それは将軍の子である幸松丸に対する礼儀ゆえなのだろう。

頭を下げる老女を見届けるのが目的だったかのように、襖が閉まり、部屋は元の対面の場に戻った。

見れば老女がうろたえていた。先に我に返った見性院が口を切った。

「私の父は武田信玄でございます。御子は甲斐武田の名跡を継ぐことになりますゆえ、お目にかかりたくば、御台所がお越しになるようお伝えください」

老女が呆然とし、見性院を見る目に畏怖が浮かぶ。それでも気丈に口を開いた。

「この件、御台様は何とおっしゃるか、わかりませぬぞ」

仰々しいお供を引き連れた乗り物が、屋敷を出て行った。

翌日、米津から報告を受けた大炊頭が訪《おとな》いを入れてきた。

見性院は広間で出迎えた。

向かい合って座ると、先に口を開いたのは大炊頭だった。

「幸松丸様をご養子とする件、お引き受けくださると承りましたが」

「お引き受け致します。私は、弓矢を取っては世にも知られし武田信玄の娘。ご心配はいりませぬ」

「かたじけのう存じます」

これで事は済んだ。御台所に幸松丸を引き渡さない方法はこれしかなかった。

子どもを亡くすつらさは身に染みている。いかなることがあろうと、おしづに同じ思いをさせてはならない。

大炊頭は養子縁組の始末をつけるため早々に城に戻ろうと席を立ちかけた。が、何を思ったのか、もう一度座り直した。思い出した様子で話を切り出した。

「じつは先頃、上様（秀忠）が大御所（家康）様から聞かされたという話を伺いました。見性院様の亡き夫君穴山殿の死の間際の事情にございます」

見性院は何事かと固唾を飲んだ。

「京の本能寺での謀反の時、大御所様は穴山殿と一緒に堺におりました。すぐに三河に戻ろうとしましたが、落ち武者狩りを恐れた穴山殿は、囮《おとり》になると申し出て、大御所様の影武者となって別の道を進み、命を落とした由にございまする」

えっ、と声が出た。

思わず相手の顔を覗き込む。大炊頭はさらに話を続けた。

「穴山殿は自ら大御所様の身代わりとなりました。上様の御子を見性院様へご養子に出すのは、かような理由があったからでございます。穴山殿の最期は武士の誉れ。見性院様におかれましては、ご自身を憐れむどころか、誇りに思うべきかと」

土井大炊頭の目がまっすぐに見つめてきた。戸惑いを覚えつつ、見性院は作り笑顔を頰に浮かべた。

言い残して去る大炊頭を、おしづと一緒に門まで出て見送った。一行の後ろ姿をいつまでも見守りながら、視界が滲《にじ》むのを感じた。

大炊頭が残した言葉。穴山殿の最期は武士の誉れ——。先ほど語られた内容は作り話だ。正直者だと定評のある大炊頭が、しゃにむに嘘をついた。

大御所家康とは、何度も会って、伊賀越えの話を聞いている。もし夫の穴山梅雪が囮になって死んだというなら、家康自身の口からすでに語られたはずだ。大炊頭は嘘をついてまで、見性院の抱く憐憫《れんびん》を否定してみせたのだ。

（こちらこそ、かたじけのう存じまする。大炊頭殿）

幸松丸という名は、将軍秀忠が決めたものだそうだ。大炊頭は秀忠に名を考えるよう促し、決して引かなかったと聞く。

ある噂を思い出した。大炊頭は昔から大御所家康の実の子ではないかと、疑念が取り沙汰されている。仮に大炊頭にそうした隠れた来歴があるのなら、似た立場にある幸松丸に親身になるのも納得がいく。案外、噂は本当なのかもしれない。

見性院の考えを遮るように、おしづが近寄ってきて礼を言い続けた。その手には幸松丸が抱かれている。

（今日からは武田の子）

おしづは、小袖を着た幸松丸を見性院に抱かせようと、子どもを抱えたままの両腕を前に差し出した。

見性院は受け取った幸松丸を抱きかかえた。武田菱の小袖姿の幸松丸を誰に気兼ねすることなく抱きしめた。

母となって感じるこの一瞬の喜びこそ、一国を領するよりもはるかに大きな喜びだろう。

そんな深い歓喜に体を震わせながら、ふと目を転じれば、冬の庭に枯れ紫陽花が立っていた。

昨日までは、夏の陽射しの下で咲き誇っていた花弁を思い出してその違いに驚き、枯れた紫陽花を憐れんでいた。

（勝千代が死んだ時も咲き誇っていた紫陽花……）

人目を憚《はばか》ることなく、武田菱の小袖を着た幸松丸を抱いてみてわかったことがある。自分の身の境遇を憐れむのは、堂々巡りを繰り返すだけなのかもしれない。幼かった勝千代を思い出し自分を慈しむ行いは、傷心から逃れるためでありながら、哀しみを再現させたにすぎなかった。なまじ早くに子を亡くしたがゆえに、いつまでも影を追いかけていたのだ。

だが再び母となった今は、見慣れていた紫陽花の枯れ姿が昨日までとは違って見えている。少なくとも憐れみとは無縁だ。

見性院は自分の皺だらけの手と、枯れた紫陽花とを見比べた。法衣の下の生身の見性院も、黄昏《たそがれ》の翳《かげ》りを帯びている。

だが紫陽花の花弁は、たとえ枯れても散ることを知らない。枯れた花のままで冬になっても立ち続ける。

立ち枯れ紫陽花――。まるでその身に、決して失わない決意があるかのようだ。

「あと幾度か春が来たら、私と一緒に甲斐国に行きましょう。一面の山々の中でひときわ高くそびえる富士のお山は、それは見事なものです」

私の住んだ館はもう焼け落ちてしまったけれど、そこに暮らした武将たちの話を聞かせてあげたい。皆がどのように生きて、どのように戦ったか。武田という花は枯れてしまったが、命ある限り自分は立ち続けてこの子を育てていく。少年になった幸松丸は大きく開いた目を輝かせて話を聞きたがるに違いない。

腕の中に視線を落とすと、幼子が笑って頷いた気がした。

跡取り二人

一

左源太《さげんた》は一歩一歩上がっていく。

高遠《たかとお》の城下を見下ろす寺の長い石段を、左源太は一歩一歩上がっていく。


座禅堂のさらに奥にある工房は、尖った杉が生い茂るなかに建てられており、その閑散とした眺めのせいか、一段と寒さが増した。

工房に入り、道具を手にする。鑿《のみ》を木槌で叩き、御衣木《みそぎ》を数回ほど削ってみたが、削りが深すぎて見苦しい。思うようにいかないのは、かじかんだ指先のせいばかりではない。力が入りすぎている。普段通りに彫ったつもりなのに息が乱れ、仏を彫るのに必要な、すがしい境地からはかけ離れていた。

左源太の胸の奥で、しこりが燻《くすぶ》っている。

我執を絶つため建福寺《けんぷくじ》まで来て彫りかけの木像に向かったが、頭の中では同じ疑問が何度も行き来するだけだった。

突然現れた自分以外の別の養子との折り合いのつけ方が、思い当たらない。

元服にふさわしい歳となり、保科《ほしな》家の正統な後継者に指名されるのも間近だと感じていた。保科正光《まさみつ》の養子となって信濃国高遠城に来てからというもの、武術の鍛錬に励むだけでなく、寺で参禅し教えを乞うた。住職は名僧として名高い三代目・鉄舟和尚《てつしゅうおしょう》である。

「左源太殿は小柄だが、その分敏活な素質を備えておられる。禅よりも仏の木彫りをしてみてはいかがか」

敏活というよりは、ぎらぎらした野心に満ちて落ち着かない左源太の性分を見透かしたかのように、かつての鉄舟は助言した。言われてみると、じっとしているだけの座禅よりは、鑿を振るう仏像彫りに、左源太の興味は傾いた。

以来、保科家への感謝と家運繁栄の祈願のために、工房で仏像を彫るのが務めとなった。すべては、保科家の養子にふさわしい品格と器量を備えるための準備だったといえる。

（これから自分はどうなるのか）

いくら考えても、養父保科正光の内心まではわかるはずもない。

いきおい、鑿先へ腹立たしさがこもる。本来澄んだ心で削るべき木像が、憤りの捌《は》け口と化していた。

冷え冷えとした十畳ほどの広さの工房の中では、ほかに三人の工人が仏を刻んでいる。左源太と異なり、彼らは仏師の見習いだ。仏師は、世襲による棟梁《とうりょう》の座の継承が多いとはいえ、天平の時代から出自に関わりなく、おのれの才と精進によって世に出て名をあげる者もいる。野心に燃える若者が寺に集まるのは珍しくない。その中にあって、左源太は彼らに匹敵するほどの生来の技量を備えていた。手先の器用さと、見えない物を形に変える行為への執着とが、仏像造りに向いていたからだろう。仏を思って鑿を振るうたびに、左源太にも静かな安らぎが訪れた。その様子を見た鉄舟からの褒め言葉もあって、ますます仏像造りへと没頭しかけたばかりだった。

それがいまは、規則正しく届いてくる他の工人たちの彫刻の音さえ、耳にさわって忌《い》ま忌《い》ましい。

「ただ仏に似せて彫ればよいというものではない。彫る者の心の形が、そのまま仏像に顕《あらわ》れる。見る者にも伝わっていく」

黒袈裟《くろけさ》姿の鉄舟が、工人たちに向かって語りかけた。三人の工人たちが鉄舟の教えに耳をそばだてたのがわかる。

「かといって、おのずから迷いを打ち消そうとするのは未熟の位にすぎぬ」

聞き慣れた言葉に、思わず左源太の手が止まる。

鉄舟がよく口にする言葉だ。禅を習いに来た者は、まずこの教えを聞かされる。打ち消そうと努力するから、迷いが消えるのではないのか。そう考えるのだが、鉄舟の教えは違う。打ち消そうとする心こそが、心を惑わす元になる、という。鉄舟の説明は、左源太には理解できないものだった。

しかし、工人たちは鉄舟の言葉に励まされたと見える。仏を彫る姿勢が先程より良くなっている。優れた仏師は、尊い仏像を彫るために僧侶に劣らず、苦しい修行を行う。戒律を守って身を律し、読経と写経にも励む。荒行して山にこもる者さえいる。

「物事が動き出すその前、心が緊張と力を湛《たた》えながら止まっている静かな一瞬。一切の作為を超えた境地、それが無心無作《むしんむさ》だ。打ち消そうとする心では、そこまで到達できぬ」

工人のひとりが鉄舟の言葉に深く頷く。それを見て、左源太は一層居心地の悪さを覚えた。

（和尚の言う意味もわかるが、まさにその無心無作に至る方法がわからないのだ）

無心になろうとしても、浮かんでくるのは養父正光の顔だ。細く長い眉。引き締まった表情を見せながらも丸みを帯びた頰。穏やかなまなざし……。

高遠藩主保科正光は、家臣からも領民からも慕われていた。その最大の理由は、勇壮な武家らしからぬ情け深さによるものだろう。慈悲ある行いに関する話には事欠かない。

だが――。ため息を押し殺しながら、叩き鑿を小刀に持ち替えた。粗彫り途中の木像を左手で押さえ、右手親指の腹で小刀の背を押しながら削ることにした。

「左源太殿、何か気がかりでもおありですか。先刻から木目が全く見えておりませぬぞ。木の肌を感じながら、順目がよいか逆目がよいか見極めねばなりませぬ」

鉄舟が、今日はじめて左源太を名指しした。鉄舟の目が最初から自分の所在ない彫り方に注がれていたのだと気づき、左源太は思わず狼狽した。工人たちに語りかけた言葉も、あるいは左源太に聞かせるためのものだったのかもしれない。

動揺を隠すように、とっさに当たり障りのない返答をした。

「難しいものです。武士の手すさびでございますから、あまり私にお気遣いなさらぬよう……」

「修行に稼業は関係ありませぬ。大工職人が仏像造りを思い立って訪れることがありますが、ほとんど長続きいたしません。十分な心得があると思っている者は、その過信が徒《あだ》となります。士分の左源太殿のほうがよほど筋がよい」

自らの立場が何であるのか、もはや左源太はその問いから抜け出せなくなりつつある。事情を知らない鉄舟の励ましもむなしく響く。高遠に来る新しい養子の影が、頭の中から消えることはない。

家老の保科民部《みんぶ》正近《まさちか》に告げられたのは、昨日のことだ。

閉め切られた部屋では、民部が先に座って待っていた。眉間に皺が寄り、口元が硬い。堅苦しさを打ち消すために、左源太はくつろいだ表情を作った。

「お呼びだと伺いました」

「朝早くから呼び出してかたじけない」

民部は正光の従兄弟だから、左源太にとっても親戚筋にあたる。普段は気さくな物言いの民部が伏し目がちに言い淀《よど》むその様子から、思いがけぬ話なのだと見当をつけた。

「じつは……」

「何かありましたか」

促されて意を決した民部が一息に告げた。

「当家に新しいご養子が江戸からいらっしゃいます」

「えっ……」

座った床板が揺らいだ気がした。民部は左源太の動揺をじっと見すえると、それが治まるのを待っておもむろに言葉を続けた。

「念のために申しますが、左源太殿にはなんの落ち度もありませぬ。ご養子になるのは、保科家にとってご縁のある武田見性院様の御子にあられます。男親を探していたようですが、殿に白羽の矢が立ちました」

左源太はまだ二の句が継げなかった。

自分以外に、新たな養子が来る――。

過去につながる光景の再現。左源太の動揺はそこに起因している。

実子のいない保科正光の次の後継者は当初、弟の保科正貞《まささだ》とされていた。正貞は、当主正光にとっては二十七歳年下の異母弟にあたる。その母は、徳川家康の異父妹多劫《たけ》だった。正貞の伯父徳川家康は、正貞をことのほかかわいがり、正光の養子にせよと命を下した。

だが後にそれが、正光と正貞との間に確執を生む。亡き実の母への思慕の強かった正光は、徳川家から押しつけられた形の正貞よりも、母を同じくする妹の子・左源太のほうを気に入り、養子にするつもりで手元に招いた。これ以後、正貞は正光に反抗するようになったという。大坂城攻めの折には、正貞は保科の陣に入らず、本多忠朝《ほんだただとも》に属して出陣し、重傷を負いながらも武功を挙げるという意地を見せたと聞く。養父正光と正貞との確執を、左源太自身は直接知らない。だが正貞が家督を継げないのは誰の目にも明らかだった。

家康が薨去《こうきょ》し、正貞の後ろ盾に翳《かげ》りが見え始めた今、左源太が正式な養子となり後継者の名乗りをあげる。そのはずだったが――。

江戸から新しい養子が来るというのである。

「彼の名は……」

「幸松丸殿と申されまする」

その名を胸に刻もうとした時、民部がさらに重そうな口を開いた。

「他言は無用に願いまするが、公方様の実の御子、とのことです」

左源太は面食らった。唐突に公方様という言葉を聞き、頭が真っ白になった。

「将軍様の御子だと申されるか」

民部が大きく頷いた。

（大御所様亡き今、公方様の子を迎えれば、保科は徳川家とより一層関係が深まる。新しい代になった幕府での地歩を固めようということなのか）

そうした大きな流れの中では、自身の存在は浮かぶ木の葉《こ は》のように小さなものだろう。

事情を聞きたいとは思ったが、左源太は黙した。

「幸松丸殿の保科家養子の件、幕府の御年寄方もご承知とのこと。近々、手当として五千石の加増のご沙汰もあるとか」

つまり、左源太がまだ正式な届け出をする前の部屋子の状態なのに対して、幸松丸はすでに幕府の認めた正式な養子の立場だということだ。

（おれは、何のために保科に来たのか……）

民部が心配そうな目で左源太を窺《うかが》っている。

「早計に殿を責めてはなりませぬ。殿と……幸松丸殿のお人柄をよく見極めることです」

「いったい、なにが起こっているのでしょうか」

あの時は、そう口にするのが精一杯だった。

左源太は木像を削る小刀を投げ出した。その音に答えるように、工房では相変わらず、工人たちの木を刻む音が規則正しく響いている。

道具を再び鑿に持ち替えた。左源太はまだ見ぬ新たな養子の影を振り払おうと、木槌で鑿を叩き始めた。だが、打ち消そうとすればするほど、無様な仏が掌《て》の中に顕れていった。

二

江戸から来た養子は、左源太が思い浮かべた風貌とは違っていた。

細部まではっきりと想像していたわけではないが、将軍の血統を継ぐという出自や江戸生まれといった育ちから、きらびやかで勇壮な人物が頭に浮かんでいた。

幸松丸は、自分より十ほど年下の年端も行かない子どもだった。小さな体に不似合いな脇差しを腰に帯びている。刀に振り回されるような歩き方をしながら高遠城に入ってきた。

二十人ほどのお付きの者たちが従っている。揃いの羽織袴《はかま》姿の男たち、鮮やかな色合いの着物姿の女たちが人目を引く。高遠の家臣らは、表向きは気に留めない風を装いながら、三の丸に向かう幸松丸一行を好奇の目で盗み見ていた。

城内で幸松丸やその家臣たちとすれ違った。何事が起きるのか。そんな郎党たちの視線を背後に感じながら、左源太は自分から進んで幸松丸に近寄った。

「保科家家中、左源太にござる」

「幸松丸と申します。以後、お見知りおきください」

色白で端正な顔が、一瞬、口元を綻《ほころ》ばせた。その後ろでは、従者たちが左源太に向けて慇懃《いんぎん》に頭を下げる。中には緊張のせいか、顔を強張らせる者もいた。どうやら、先着の養子の存在を聞かされているらしい。

型通りの挨拶を済ませて、最初の出会いは終わった。

相手が子どもだと知り、徳川家の血を引く者への恐怖といった感情は幾分和らいだが、後継者候補だった左源太の立場からすれば、睦まじい関係は築きようもない。ひとりの保科家家臣の身分で接するしかないと、割り切ることで心の平静を保てた。

それでもその存在を意識するせいだろうか、次の日から幸松丸を城の内外でよく見かけた。

時折、城内の厨《くりや》近くで働く者たちをながめる姿があった。幸松丸は白い息を吐きながら、じっとその場で侍女たちの動きを見つめ続けていた。なぜそんなに興味があるのかを、うかがい知ることはできなかった。

また、小雪の舞う天竜川《てんりゆうがわ》近くの街道で、器用に馬を操る幸松丸の姿にでくわしたこともある。後から追っていく従者を引き離し、風のように馬を走らせていた。

そして、季節は目まぐるしく移り変わって行った。

年が明け、天竜川が雪解け水で勢いを増すようになったある日、二人で向き合って話をした。場所は建福寺の座禅堂のすぐ前だ。先に話しかけてきたのは、幸松丸である。

「座禅堂で鉄舟和尚の講話をお聞きした帰りです。左源太殿は、どちらに行かれるのですか」

歳に似合わぬ落ち着きを纏《まと》った透き通る声で聞いてきた。

問われた左源太は、すぐ近くの工房を指さした。

「あそこで、工人たちと共に仏像彫りを教わっております」

幸松丸の顔に興味の色が浮かんだ。

「和尚は多芸で博識のようですね。仏像彫りも禅につながるとか」

左源太自身は、鉄舟が幸松丸に何を教えているのかに関心があった。

「鉄舟和尚から、無心無作を教わりましたか」

「我心に心乱さぬよう励むのではなく、自然に心を忘れるのが肝要と教わりました」

幸松丸が禅を習っているのは承知している。八つという歳を考えれば、じっと座り続けるだけでも褒められるべきなのに、鉄舟は大人と同じように教えを説いているらしい。

「それが、和尚の口癖。その意味がわかりましたか」

「心を惑わすものは心なのだというところまでは……」

まだ幼い幸松丸が自分の言葉で語ったのを聞いて、左源太は驚いた。信じられない気がした直後に、だが、だれかの受け売りかもしれぬ、と怪しんだ。

「では、幸松丸殿も迷い心を打ち消そうとしてはならぬ、と考えますか」

幸松丸が一瞬黙り込んだ。目で思案する仕草を見せ、ゆっくり言葉を選んだ。

「心で打ち消そうとすれば、それが新たな迷いになるということでしょう」

胸の内で舌を巻く思いがした。幸松丸は、たしかに鉄舟の教えを自分の言葉で吸収している。それだけは左源太にも理解できた。

「左源太殿は、真田家とゆかりがあるとか。家紋は六文銭だと聞いたことがあります」

黙り込んだ左源太に、今度は幸松丸が尋ねてきた。

「いかにもその通りです」

当たり障りのない答えですませた。

あの世とこの世の間には三途《さんず》の川があり、その渡し賃が六文だとされる。兵が戦さで命を落としても、三途の川を渡れるように、その渡し賃である六文銭を家紋にしている。

「生への未練を捨て戦う意気込みを示すための家紋なのでしょう。執着から心を解き放つひとつの道筋かもしれませぬ。今度、左源太殿が作っている仏像を見せてくだされ」

目を輝かせて語ると、颯爽《さっそう》と城へと向きを変えた。たちまち幸松丸の後ろ姿が遠ざかっていく。左源太は肩透かしを食らった気分で見送った。

徳川将軍の子が来るというから、どんな業腹な輩かと思っていた——。

素朴さと才気煥発な言動が幸松丸の特徴で、彼を取り巻く郎党たちが忠勤に励むのも納得させられた。

だが同時に、疑問も湧いた。幸松丸は、左源太がもう一人の保科の養子だと知っているに違いない。それなのに、子どもにありがちな虚勢やぎらついた虚栄心を見せない。先に養子がいるその家に、後から養子に入って跡継ぎになる境遇は、よく知っていた。左源太自身、正貞という養子がいた保科家へ、後から養子縁組が決まった身だからだ。養父正光と正貞の間にすきま風が吹き、左源太に跡継ぎの目が出てからというもの、後継者候補に特有な心情は痛いほど身に染みていた。家臣の者たちの目に気を回し、ふさわしい後継ぎだと気取り、自分の立場を脅かそうとする者には警戒して敵意を抱く。後継ぎになろうとする者の心情とはそういうものだ。それは左源太自身が正貞に対し抱いた思いだった。

だが幸松丸には、その欠片《かけら》も見えなかった。将軍の子だというのにそれを鼻にかける素振りを見せない。左源太の出自には興味を示したのに、自分の出自には全く触れなかった。いくら考えてみても、左源太にはその理由まではわからなかった。

三

早朝――。

日の出前だ。城の早番の者たちを除けば、皆が寝ている時刻だった。

左源太は布団の中で目を開いていた。いつ目覚めたのか、いや、そもそも眠ったかどうかもよくわからない。

早計に殿を責めてはなりませぬ――。

民部の声が何度か聞こえた気がするものの、左源太の頭は霧の中のように模糊《もこ》としていた。

幻滅が胸を支配している。幸松丸の人となりに触れ、高遠に自分の居場所がなくなった気がした。新たに生じたのは、養父正光への失望と安楽の地を失った落胆だった。思えば、高遠に来る前も心安らかな日々とは無縁のまま育ってきた。

関ケ原の戦いで徳川家の天下が決定づけられて以来、敗れた西軍大名側についた真田一族は、徳川の勘気を被《こうむ》った。東軍についた信之のとりなしで断絶は免れたものの、一族の係累だった左源太の生家・小日向《こびなた》家の生活も金に困って窮迫した。農民と変わらぬ畑仕事に追われ、それでも足りずに豪農の百姓代に頭を下げて金を借りた。左源太がまだ幼い頃の話だ。家の苦境と貧しさに耐える日々だった。

そこへ、母の兄にあたる保科正光が手を差し伸べてくれた。徳川に誼《よしみ》を通じる保科家に呼ばれた時は天にも昇る心地だった。部屋子とはいえ、武家屋敷の中に部屋ができ、野良着同然の衣服は袴姿に変わり、従者や侍女の世話を受けるようになった。

保科正光に感謝し、その恩に報いる跡継ぎになろうと決意した。左源太の彫る仏像は、正光の誠実さを滲ませ、それ以上の慈悲深さを表すはずだった。

左源太に保科の後継者になるという夢を見せた正光は、前途に明るい灯をともしておきながら、だが、今はその灯を消そうとしている。

今日から保科の家がおぬしの家、高遠が故郷だ。正光のあの言葉さえ、まやかしだった気がする。

想念は、幸松丸にも向かった。あまりにも泰然としすぎる態度が不思議でならない。武家の頂点にある家柄を背景に、小藩での暮らしなど一時しのぎにすぎないと考えているのだろうか。いや、その前に幸松丸は本当に将軍の子なのだろうか。

この種の話は至る所に存在した。民部から最初に彼の出自を明かされた時も、そのすべてを鵜呑《うの》みにしたわけではない。合戦で敗れたある武将にはその血を引き継ぐ忘れ形見が残された、御曹司と呼ばれる少年が滅んだ家の再興を誓っている、といった類の話が、これまでも御伽噺《おとぎばなし》のように数多く語られてきた。またか、と多くの者が一笑に付すような話だ。

だが、話の出所が養父正光や民部にあるとすれば、最初から疑うのも躊躇《ためら》われる。民部は理由もなく出まかせの話を左源太に聞かせたりはしないだろう。信じるかどうかは、将軍家の血を引く幸松丸がわずか二万五千石の高遠にやって来たことに納得できる理由があるのか、という点にかかっていた。

彼が本物の将軍の子だとするなら、自分は運が悪かったとしか言いようがない。いまは出自を信じる気持ちと信じない気持ちが半分ずつ。その狭間《はざま》のような場所で心を揺らしながら、それでも左源太はまだ一縷《いちる》の望みを捨てていなかった。

簡単にあきらめるわけにはいかない。松本の小日向家の一族郎党は、左源太の養子入りを喜び、明るい将来を祈っていつまでも見送ってくれた。母は、守り袋に六文銭を入れて渡してくれた。必ず立派になります、と左源太は胸を張って別れた。あの守り袋には、亡き父の名である小日向源太左衛門《げんたざえもん》という文字が書かれてあったから、元は父の品だったのだろう。母は大切にしていた父の形見を餞《はなむけ》に左源太に渡したのだ。

（あの守り袋があったからここまで精進してきた）

感慨に浸りながら、左源太はふと気がついた。久しく守り袋を手にしていない――。

思いついて布団を抜け出し、書院の間を目指して小走りに急いだ。部屋に入ると、付け書院の棚に置かれた黒い文箱《ふばこ》を手に取った。文箱を抱えて自部屋に戻る。

座るのももどかしい勢いで中身をあらためる。

書簡や証文に混じって、色あせた朱色の守り袋はそこにあった。信濃木綿の素材に六つの丸が白に染めてあるのは、六文銭を表した紋様なのだろう。長年使ったせいか元の白い丸は灰色に汚れてしまったが、墨で書かれた父の名は、まだなんとか判読できた。ところどころで布が擦り切れている。中身の六文銭の重みを掌に感じた。

左源太はその守り袋を着物の懐にしまうと、屋敷を出た。

力を得たような気がして高揚していた。突き動かされるように厩《うまや》に急いだ。戸を開けて中に入ると、手綱をつかみ馬にまたがった。

街道の道沿いには、すでに若草が目立ち始めていた。陽射しは柔らかで、寒の戻りはなさそうだ。四半刻後には、城外の見晴らしのよい丘まで駆けていた。木に馬を繋ぐとその木陰に陣取り、守り袋を取り出した。見ている者は誰もいない。口を縛っている紐を解いて、中身をそっとのぞき込む。

まず六文銭。そして丁寧に小さく折り畳まれた二枚の紙片。一枚は菩提寺の納経印が押された紙片だ。そしてもう一枚には、小日向と何度も書かれた幼い字――。

それを見た左源太は、思わず口元が緩むのを感じた。四歳の頃、母に教えられた字を紙に書く稽古をした。その綴りの一部を母が取っておいてくれたのだ。

時の経つのも忘れていた。身内の情に触れ、前向きな気持ちになって城に戻ることにした。

　いくつかの農家の前を通り過ぎ、城下に入ったばかりの時、誰かの大声が左源太の満たされた時の流れを遮った。何事だろう。よく聞き取れずに、後ろを振り返った。たった今、馬で通ってきたばかりの街道の後方で、再び別人の叫び声が聞こえた。

「暴れ馬だ、よけろ」

　道行く者が口々に叫んでいる。見ると、坂になった街道から栗毛の馬が疾走してくる。砂埃《すなぼこり》がその後を追いかけるように舞い上がっていた。

　幾人かの通行人はすぐに道の脇に逃れている。だが、ひとりの老人が曲がらない足を引きずるようにして道なりに急いでいた。後ろから来る馬の進行と同じ方角に逃げようとしている。動転して脇によけることに頭がついていかないのか。左源太が助けようと馬を飛び降り、街道を走ると同時に、馬が老人に追いついた。老人は馬とぶつかり、弾き飛ばされて転がった。

　馬に踏まれていなければいいがと考えながら、左源太は向かって来る馬と瞬時に向き合った。

　擦れ違いざまに馬の首にしがみつくように組みつく。馬の勢いに左源太の下半身が宙に浮く。不自然な体勢に耐えながら、たてがみを引っ張って速度を徐々に落とす。宙に浮いた足が着地した時、一瞬激痛が走ったが、なんとか馬を止めた。

再び駆け出さぬよう馬をなだめながら、近寄ってきた者から差し出された紐を嚙ませて手綱にして木に縛り付けた。

その間、そばで見ていた者たちは、倒れた老人の介抱に向かった。幸い、大したけがは負っていないらしい。

道行く者たちは、左源太に向かって安堵の歓声をあげた。

馬主の農夫がしきりに謝るのを遮り、左源太は馬にまたがり早々に城をめざした。右足に痛みがある。足首に無理な力が加わったせいで捻っていた。いずれ腫れるだろうと思い、手当てを急いだ。

左源太が城内の部屋に戻った時には、患部は膨れ上がっていた。

部屋で休んでいると、すぐに妹のおすずがのぞきに来た。

「兄上、けがをされたと伺いました」

妹のおすずは、左源太の養子入りに伴い、従者として城に連れて来た。貧しい小日向の実家にいても良縁は望めない。そう考えた母親が手放すことを受け入れたのだ。

おすずの丸顔の中の目は、左源太を心配するというより、失態を非難するかのような含みを見せていた。

「また運の悪い場所に居合わせたものですね」

おすずが口を尖らせた。

「だが、道中の者たちからは有難がられたぞ」

「どうしてそんな朝方に城の外の街道に出ていたのです」

話しかけられた時、左源太はそのまま固まった。

おすずが察したようだ。

「どうなさいました」

血の気が引くのが自分でもわかった。

懐にしまったはずの守り袋がない。街道で暴れ馬を止めるまでは、馬上で何度か確かめていた。暴れ馬の騒動の途中で、どこかで落としたに違いない。

左源太は低い声で唸《うな》った。足の力が抜けるような気がして膝をつきそうになる。それはくじいた足の痛みのせいではなく、大切な物を失ったせいだとわかっていた。

四

昼過ぎの街道に、早朝の暴れ馬騒動の慌ただしさはなかった。

今朝の行動を思い出しながら、馬を降りて目を皿のようにして辺りを探す。

ない――。守り袋は見つからなかった。自分が暴れ馬を止めた場所の付近で念入りに目線を飛ばした。何度も行き来して辺りを見回してみた。

見つからない。

（まさか、誰かが持ち去ったとか）

お守りを見て放っておくのは縁起が悪い。そう考えて拾った者がいたとしたら、もはや戻らないだろう。とすれば、あきらめるしかない。だが踏ん切りがつかずに、探す場所の範囲を広げて地面を見続けた。

気は急《せ》いたが、いつまでも探し続けるわけにもいかない。

折しも今日は、建福寺で鉄舟和尚と会う約束の日だ。木彫りについて助言をもらう手《て》筈《はず》となっている。一度引き上げるしかない。

踵《きびす》を返そうとした。

「左源太殿。何かお探しでしたか」

聞き覚えのある声がした。驚いて後ろを振り返った。

馬上の幸松丸は、近づいて来ると飛ぶようにして左源太の目の前に降り立った。馬の発汗具合から遠出をしていたのだろう。遠くに馬で追ってくる従者の姿が見える。

言うべきかどうか躊躇《ちゆうちよ》したが、動転した頭が、すがる気分で事情を口に滑らせた。

「守り袋を落とした」

左源太は混乱を隠しつつ答えた。

「どのような守り袋ですか」

事情を知った幸松丸は屈託がない。

「朱色の木綿の守り袋だが……」

口にはしたものの、途中で後悔しはじめていた。幸松丸に言ってもどうにもならないし、未練がましさが露わになるだけだ。

首を振って笑みを作った。

「今日は建福寺に参りますゆえ、これにて」

何かを考える様子の幸松丸を残して、左源太は馬に飛び乗った。

その日は、建福寺でも散々な出来事ばかりだった。張り出した木の枝に袴を引っかけて穴をあけ、本堂の段差に躓《つまず》いて転びかけた。工房で木像を彫っても掌に傷を負った。

すべては自分の至らなさが原因だ。だが、恨みを晴らすつもりで木像に鑿を振るった。その思いをあざ笑うかのように仏の姿は醜くなっていく。

節――。削るうちに一番重要な仏の顔の部分に、木の節が現れてきた。それも一つだけでなく、三つ。木目の綺麗な仏を作りたかったが運もない。

左源太は天井を仰いだ。

それ以上続ける気力もなくし、寺を後にした。

城の方角を向いてみたが、まだ未練が胸に残っていた。

（もう一度、守り袋を探してみよう）

それで見つからなければ、その時こそあきらめればよい。

夕暮れ近い城下から街道を進んでいくと、人だかりができていた。守り袋を無くしただろう場所の近くに、数人の童《わらべ》が集まっている。何事かと注意を向けると、そのうちの一人が何かを手に持つ姿が見えた。残りの者たちの目は魅入られたように、手の中の何かに注がれている。

守り袋かもしれないと胸が躍ったが、当てははずれた。近づくと、真ん中にいた男の子が持っていたのは、掌の半分ほどの大きさの、薄くて丸い香合《こうごう》のようだった。

何の気なしに、足が少年たちの方を向いた。遠目にもその香合が値打ちものに見えたからかもしれない。

男の子が蓋を開くと、中には香が入っているわけではなく、精巧な仏の像が彫ってあった。目にした周りの者から、ため息ともとれる感嘆の声が漏れた。

「その香合仏《こうごうぶつ》、どうしたのだ」

左源太は少年たちに声をかけた。

男の子が持っていたのは、香合仏だったのだ。それは、蓋と身からなる小さな仏入れの容器のことだ。その中には仏像を小さく彫刻したものが入っている。香合のような外見をもつため、香合仏と呼ばれている。

左源太に声をかけられて、皆が驚いて後ずさりした。

持ち主だけは睨《にら》むように答えてきた。

「もらっただ。武家の子から……」

これほどの値打ちものを、もらったというのか……。

「嘘はつくなよ」

その童の話によると、武家の子は通りかかった子どもを集めて、守り袋探しを頼んだという。

「見つけたら、この小さな仏像をくれると言っただ」

「見つけたのか」

童が大きく頷いた。遠くを指さして、あの辺りで、と言った。

話を聞いた左源太は、急いで城に駆け戻った。

屋敷に入り部屋の戸を開ける。

そこに守り袋が置かれていた。泥に汚れてはいたが、たしかに父の形見の守り袋だった。

五

「左源太殿、殿がお呼びでござる。奥の間に来るように、と」

郎党の一人がそう告げてきた。締め付けられるように左源太の体が強張った。

「どのような用件か、聞いてないか」

「お聞きしても答えてくれませせなんだ。人払いのうえ二人だけで、とのこと。他愛ない話とは思えませぬ」

廊下を小走りに奥の間に向かった。

襖の外から声をかけると、入れ、と中から声が聞こえた。

「失礼致しまする」

襖を開け、両手をついて挨拶を済ませた。

「お呼びでございますか」

「少し話がある。近う寄ってくれ」

向かい合って正座した。養父の表情が普段と変わらず穏やかなのを見て、どこかほっとした。

正光が静かに口を開いた。

「わしの口からじかに話した方が良いと思っての。幸松殿のことだ」

「はい」

左源太の背中が硬直した。

「幸松殿の出自は聞いておるか」

早くも秘密を口留めする風情だった。左源太が黙って頷く。

「大恩ある徳栄軒《とくえいけん》信玄公のご息女・見性院様から頼まれた。幸松殿を保科家の跡継ぎに仰ぎ、ゆくゆくは公方様から幸松殿へのお名乗りを承るよう、われらは最善を尽くす」

正光によれば、幸松丸を保科家の養子とし養育すべき旨は、幕閣の井上正就《いのうえまさなり》、土井利勝ら年寄衆の決定に基づくものであり、すでに通達を受け、保科家も受諾したという。

是非を問う話ではなかった。徳川幕府のもと、各藩は領地の支配を認められ知行を得ている。幕府の命令の前では、左源太と正光の取り決めなど反故にされてもやむを得ない。

「わかるな」

正光が同意を求めた。

「は、はい」

左源太の声が上ずっていた。そこから感情をくみ取った正光の顔が少し曇った。

「不服か」

返答に窮した。保科家とのつながりがなくなれば、兄妹で小日向家に帰らなければならない。行く末には、元の窮迫した生活が待っている。寄る辺ない昔の身分に戻ることになるだろう。

正光は諭《さと》すように語り掛けてきた。

「ご公儀の要望に異を唱えるということは、家をつぶすということだ。違うか」

「……そうです」

「その旨承知してくれ。ほかに何かわからぬことがあるか」

左源太の不安を払拭しようという口ぶりだった。その口ぶりに力を得て、左源太はよく飲み込めない部分を指摘した。

「一点だけあります。公方様より幸松丸殿へのお名乗りを承るおつもりだと聞こえました」

「その通りだ」

「御子である幸松丸殿への名乗りとはいかなる意味でございましょう」

左源太が疑問を口にすると、正光は即座に反応した。

「いきさつまでは聞いていないのか」

なんのことかわからず、左源太は有耶無耶《うやむや》に首を振った。

正光がひとつ息をつく。

「知らせぬほうがよいとも思えるが、この際、左源太には隠し立てをすべきではあるまい。じつはな――」

不承不承という体で正光は語った。

御台所に気兼ねする公方様は、幸松丸とその母おしづの件を公《おおやけ》にしていない。かつて御台所の二人の男の子の間にさえ、世継ぎをめぐる争いが起きている。将軍秀忠は、母の違う御子の存在を公式に認めたわけではない。その肩身の狭さを案じて、幸松丸自身にさえ、まだ出自を知らせていないのだという。

えっ……。

(将軍の子でありながら、父子の関係を知らない、ということか)

幸松丸の淡泊な後ろ姿が脳裏に浮かんだ。他家に入る立場の者に特有な、自己を周りに誇示しようとするぎらつきが見えないと思っていた。

その理由を垣間見た。幸松丸は自身の氏素性《うじすじょう》を知らないために、背景がないのだ――。

数奇な身の上と言うしかない。将軍の子でありながら、その扱いを受けていない。二人の兄は江戸城で育てられたはずだが、幸松丸は武田見性院に育てられ、今はこの地に養子に出されている。本来なら江戸城内にいて、いずれは大身《たいしん》になれたであろう地位は失われ、運命がこの地にいざなった。

そうした寄る辺ない境遇が、あの達観した表情を作り上げたのだ。自身の立場を顧みて、左源太には、あの少年の心持ちの一端が推測できた。

幸松丸は徳川家の血筋につながる出自を知らないという。まだ八つという年齢では真相を告げない配慮にも理由があるが、やがては知るに決まっている。それまで高遠の者たちは秘密を厳守するつもりなのか。正光から事情を聞かされ、左源太の心中は激しく揺れた。

六

朝から空を覆った厚い雲は、昼近くになってとうとう小雨をもたらした。

左源太は、着物を入れた竹行李《たけごうり》に蓋をかぶせた。荷造りした行李が部屋の隅に五つ並んだ。聞こえ始めた雨音に促されるように、引っ越しの支度は着々と進んでいる。高遠に来て九年。城に入った時には、いずれここを去るはめになろうとは夢にも思っていなかった。

座り机の周囲には、まだ片付けていない文や筆具、書き付け用の和紙が散乱している。そこさえ済ませれば荷造りの目途がたつ。

自分はそれでいい。が、妹のおすずの準備は進んでいるだろうか。ふと心配になった。

昨夜、高遠を去る話をした時には動揺していた。小日向家に戻って母と暮らせるではないか。宥《なだ》めようとかけた言葉は、苦し紛れのせいもあって、なんの意味もなさなかった。城で不自由なく暮らした生活は、おすずに武家の娘としての品性を与えた反面、自力で生きる力を奪っていた。今頃は、不貞腐れた顔で荷造りをしているに違いない。

次の跡目が幸松丸に決まった以上、部屋住みとして控えに甘んじるよりは、小日向の家を継ぐために出奔《しゅっぽん》する——。それが左源太の下した結論だった。

最後の筆具を行李に収め終わった時、郎党が左源太を迎えに来た。民部が呼んでいるという。

訪れた部屋では民部ひとりが座っていた。

「おすずから、荷物をまとめていると聞きましたぞ」

言葉に詰まった。おすずのそうした行動をあらかじめ予想すべきだったと悔やんだ。小さな間があった。

「殿のお召しがあったと聞きました。内容は、幸松丸殿についてのようですな」

自信に満ちた物言いに、いきさつを見透かした気配がある。

気後れしないように、左源太はあえて胸を張った。

「自分の立場はわかっております。家中の平穏を保つために、しばらくの間、小日向の家に身を寄せる所存です」

民部がじっと見つめてきた。

「左源太殿。戻ってこないつもりですな」

左源太が目をそらすと、民部は腰を浮かせた。

「左源太殿は何もおわかりではないようだ」

いつになく突き放した言い方だった。そのまま立ちあがると、傍らにあった長持ちの中から書状を取り出し手渡してくる。

左源太に目配せをして、それから大きく頷いた。

促されて書状に目を落とすと、表題が目に飛び込んできた。

『遺言状下書』

咄嗟《とっさ》に思ったのは、正光が家訓を残そうとしているのかということだった。

だが、最初に書かれていたのは、「正光の死後、保科家の家督は幸松丸に譲る」の記載だった。その先に自分の名を見つけ、驚いて民部の顔色を窺う。

「これは……」

あとは言葉にならなかった。

民部が落ち着いた声で答えた。

「殿が家督に関する遺言を残すための案にござる。左源太殿に関することも書かれております。お読みくだされ」

左源太は貪《むさぼ》るように文字を追った。

左源太の身の上については、成人後の幸松丸に任せるが、それまでは高遠にある二つの郷を与える旨、記載されていた。これで左源太はこの地に知行を得る立場となり、出て行く必要がなくなる。

これだけでも胸の躍る思いだが、さらに次の文面を見て驚いた。

それは幸松丸が左源太を処遇するにあたって、その判断に制限を設けるものだった。

いわく、左源太にいかなる不届きな行いがあろうとも、正光に免じて容赦してやること――。

目を疑った。正光は、左源太への特別な配慮を書き記している。

静けさの中で民部の声が響いた。

「おわかりか」

返す言葉がなかった。

部屋子の処遇としては異例としか思えない。正光の真意に触れ、目頭から熱いものがあふれ出そうになる。

「殿は、左源太殿が高遠に残ることをお望みのようです。それとも、家督を継げないのなら、保科家に残るつもりはないと申されるか」

言葉の重みを感じて、左源太は深く頭を垂れた。唇を湿らせてから答えた。

「いえ、殿のご温情、この身に染み入ったしだいにございまする」

脳裏にはさまざまな人たちの顔が浮かんだ。保科正光、家老連中、妹おすず、左源太付きの近習《きんじゅう》、郎党の一人ひとり……。今ほど皆との強いつながりを感じたことは、これまでなかった。

「今日は、建福寺に行く日でござったな。雨になりましたが、行きますか」

明るい声でそう言うと、民部の顔に笑みが浮かんだ。

左源太は息を整え、静かに頷いた。

建福寺で粗削りの仏像を前にしたのは、雨上がりの昼過ぎだった。雲の間から射してきた陽は、周辺の杉の木立を清めるかのようにそそいでいる。不思議と自然に手が動き、鑿で仏の形を彫り続けた。前回と同じ木像を削っているとは思えない。それほど、自在に手が動いた。

今日の左源太は、心が止まらない。浮き上がっている木の節も、仏の目鼻に見立ててみると、見事に仏像の表情に合致するような気がした。

あの時は、木の節が木目を乱す汚れのように感じて、作業が進まなかった。

木の中に存在する仏性《ぶっしょう》を目に見える形で取り出すような感覚――。いまはその感覚が手に宿っていた。仏を作ろうとするのではなく、在るものを取り出す。その衝動の赴《おもむ》くにまかせ、一気呵成《いっきかせい》に木を彫り続けた。木に宿る、目には見えない仏のありのままの姿を作り上げる。

後ろで見ていた鉄舟が声をかけてきた。

「自然のままの木肌が、仏の目となり鼻となり口となる。左源太殿、見事ですな」

後ろを振り向いた。鉄舟の背後から射す陽光が、つかの間光の輪のように輝いて目の中に飛び込んでくる。左源太は眩しさに目を細めた。

「生成《きな》りという言葉がございます」

「生成り……」

「そう。木も人と同じく癖をもちます。生成りとは一本一本の木がもつ癖のこと。そしてどんな木にも仏性は宿ります。とすれば、そこに現れる仏像も、木の性質をそのまま生かす。するとまた、木に仏性は顕れるのかもしれませぬな」

左源太は、木の中に大日如来《だいにちにょらい》の姿を見ていた。弓のような長い眉、すっきりと通った鼻梁《びりょう》、意志の強さを感じる唇、引き締まった頰。最高仏である大日如来は、大宇宙の中心にあって衆生《しゅじょう》と諸仏菩薩をつなぐ存在。欲界に生きる衆生を見捨てない。生成りを生かした大日如来を彫ることで、左源太自身が清明な月に似た清らかな境地に達することもできそうな気がする。

無心無作――。自分なりに理解した。それは、しがみつかないこと。わが立場にも心にも。

幸松丸の後ろ姿は淡々としていた。欲も未練も感じなかった。ただ、自分が正しいと思うことを成す心は、たしかに感じられた。

人にもそれぞれ境遇がある。自分と幸松丸を比べても仕方がない。左源太には左源太の生成りがあり、それに即して生きるだけだ。

時の過ぎるのも忘れて鑿を振るっていると、幸松丸の香合仏が城下の男の子の手元に渡ったままなのを思い出した。

左源太の守り袋を探すために、値打ちものの香合仏を差し出した幸松丸——。実の父を知らない彼は、守り袋に書かれた左源太の父の名を見ただろう。その時、何を思っただろうか。左源太は恵まれた自分に気づかずに見えない仏を形にしようと執着するあまり、その後のことは考えていなかった。

香合仏を手に入れたあの男の子を探そう。

あの男の子がほしがるような大日如来像を作り上げ、取り換えてもらうのだ。幸松丸の香合仏を取り戻す。そのうえで左源太自身の手から幸松丸に返そうと決めた。

扇の要《かなめ》

どうだ、駿府《すんぷ》の城は優美であろう。天守は権現《ごんげん》（家康）様が諸侯に命じて普請させたものだ。これほど大きな天守を見たことはあるまい。

駿府は東海の要衝の地だ。西国《さいごく》の諸大名もここを通るゆえ、どの城にも負けないよう、格式を重んじたのだそうだ。権現様もご隠居なされたのちは、この城を居城にしておられた。

そうだ、権現様の小袖が何枚か残っていたはずだ。そなたにも分け与えて進ぜよう。なに、遠慮せずともよい。われらは同じく将軍家の血を引く者だからな。

よいか、この国を治めるのは徳川家なのだ。われらは二代将軍の息子ぞ。他の大名たちの上に立ち、諸侯を束ねる役割がある。亡き権現様もそれを望んでおろう。

わしもいま以上に、領国を増やすつもりだ。五十五万石では少なすぎる。前田や伊達より少なくては、面目が立たぬ。そうではないか。居城は大坂城でもよいくらいだ。多くの領国を治め、国の要《かなめ》となる。手柄を立て、名を馳せなければ、徳川家に生まれてきた甲斐《かい》がない。

いや、手柄といっても武功の話ではない。戦さがなくても、成し遂げられることはあると思うのだ。

そなたもこれからわかるだろう。そなたが将軍の子と知った者たちの態度が、どれほど変わるのかを。

人は徳川家を信奉している。わしは徳川にふさわしい人物ではなかったなどとは思われたくない。さすがは徳川家、武家の誉れだと言われたい。それだけがわしの望みなのだ。

一

新緑に浮かぶ櫓《やぐら》からは、大手門とその向こうの高遠《たかとお》城下が見渡せる。

保科信濃《しなの》は格子窓から来客の一行を見下ろしていた。

「信濃殿、ここにおられたのですか」

家老の保科民部《みんぶ》正近《まさちか》が息を切らしながら近づいてくる。

民部が呼んだ「信濃」殿というのは幸松丸のことで、家老の民部以外は「信濃」様と呼ぶ。この年、幸松丸の歳は十九を数えたが、まだ元服もせず幼名のままだった。三年ほど前に、その呼び名では不相応だという理由から、養父正光が、信濃守と呼ぶように家臣に命じた。もっとも、信濃守は幕府から正式に与えられた官途《かんと》ではない。それゆえ、「信濃」と呼ぶ。

「あの一行を見てみよ」

信濃の指先を追って、民部が身を乗り出して窓に顔を寄せた。

その男が高遠城に姿を現したのは、三月に入ったばかりの夕刻だった。上方《かみがた》に向かう途中だという。

高遠藩の保科家では、旅姿の来客を見ない時期はない。当主の肥後守《ひごのかみ》正光との面会を求めて、大名家の家老職や旧武田家家臣が引きも切らずに現れる。それほど、正光の評判は高い。

高遠藩は、関ケ原の戦い後、下総多古《しもうさたこ》にあった保科正光が、保科家ゆかりの信濃高遠に二万五千石で入封して成立した。信濃が正光の養子に入ると、五千石を加増されて三万石になっている。小藩ゆえ財政は豊かとはいえないが、正光・信濃親子による新田開発は順調で、手堅い領国治政を行っていた。

だが訪れる客の中でも、その男は、政道を担う重鎮として際立った存在には違いない。よほど重要な案件なのだろう。

「養父《ちちうえ》の客は、土井大炊頭《おおいのかみ》様か。江戸での役目は忙しいだろうに、相変わらず神出鬼没なお方だな」

一行が門をくぐる様子を見ながら、信濃が呟いた。

「大炊頭様のお目当ては、信濃殿のような気がいたしまする」

遠慮がちな民部の声が返ってきた。

「西《にし》の丸年寄《まるとしより》の大炊頭様が、自分と話をする理由が思い浮かばぬが」

土井大炊頭利勝《としかつ》は、徳川秀忠の側近中の側近とされ、秀忠が征夷大将軍《せいいたいしょうぐん》に任命されると幕閣の年寄として絶大な権勢を誇った。秀忠が将軍職を子の家光《いえみつ》に譲り大御所《おおごしょ》となったのちは、西の丸に移った秀忠のもとで年寄職を務めている。藩主の正光が健在ないま、大炊頭がわざわざ元服前の信濃に会う理由が見当たらない。

信濃は、黙り込む民部の顔をまじまじと見た。

「なにか心当たりでもあるのか」

「いえ、気のせいかもしれませぬ」

目を伏せた民部を見て、それ以上の言葉を控えた。

（またか）

相手の態度に、それ以上の会話を閉ざそうとするものを感じた。が、信濃はその不審を表には出さなかった。

幸松丸と呼ばれていた頃、幾度となく自分を知る者たちが隠しだてをしているのに気づいた。周りの者が伏し目がちに口をつぐむたびに、幼い幸松丸はその裏に、何か思惑があると感じ取っていた。幼少時から味わった心地悪さはそののち孤立感へと変わり、歳を重ねるにつれ、やがて他者の振る舞いに左右されない気骨へと変わった。

問い返すこともなく、また大炊頭の一行を眺めた。

「亡くなった見性院《けんしょういん》様は、大炊頭様とは知己の間柄だった。わたしの身の振り方についてもずいぶん世話になったと聞いている。この機に、その礼をしておかねばならぬな」

そう言って、信濃は民部との話に幕を引いた。

その日は好天に恵まれたので、天竜川の堤の普請も順調に進んだ。信濃は人足たちの仕事ぶりを視察して回った。

民部が言った通り、城に逗留した大炊頭は、一両日中に信濃と差し向かいで面会することを求めてきた。予想が的中したところをみれば、民部は何かを知っているが、その話を自分でする気はないらしい。信濃にも問いただす気はなかった。

広間では、大炊頭ひとりが待っていた。臣下のような礼をとって先に頭を下げた。

「どうぞ、お座りくだされ」

慇懃《いんぎん》な口調の中にも威厳を湛える大炊頭の声が響く。

「今日よりは、信濃様と呼ばせていただきます。すでにお聞き及びと存じまするが、昨月より上様は――」

大炊頭が切り出した話は、江戸城本丸の将軍家光の容態に関するものだった。

この年、寛永《かんえい》六年（一六二九）の二月から、将軍家光は疱瘡《ほうそう》を患っているという。年を重ねてからの疱瘡は、命を失う危険が増す。家光は齢《よわい》二十六なので、容態も重篤らしい。このまま快復せず万が一のことになれば、将軍家の家督を継ぐ御子がいない。幕府の根幹を揺るがしかねない事態だと教えられた。

「譜代《ふだい》の臣は皆、憂慮しております」

「ご静養なされば、必ず本復あそばすことでしょう。上様の一日も早いご快復をお祈り申し上げます」

そうは言ったものの、将軍家光が病弱の身なのは誰もが知るところだ。予断を許さない状態であろうと、容易に想像できる。そう考える信濃の内心を見透かしたかのように、大炊頭は続けた。

「されど諸侯が噂する通り、上様は平素からご病身ゆえ、すでに先を見越した者たちの中には、駿河様《するがさま》を担ぎ上げようと企む勢力もございます」

駿河様と聞き、信濃は駿府城にいる駿河大納言《だいなごん》の存在を思い浮かべた。

駿河大納言忠長《ただなが》――。前《さき》の将軍秀忠の子で、将軍家光にとっては弟にあたる。父の秀忠と母のお江《ごう》は、才気煥発なこの弟を寵愛したと聞く。駿河、遠江《とおとうみ》、甲斐に五十五万石を知行するため、かつての祖父家康がそう呼ばれたように駿河大納言と呼ばれる。将軍家光に嫡子がいなくても、弟の忠長がいる以上、跡目には困らないはずだが――。

大炊頭の危惧はまさにその点にあった。

「駿河様は少なからぬ譜代の者たちから嘱望《しょくぼう》されておられます。家中の争いというものは、ご本人同士よりも、その後ろにいる者たちのいがみ合いから始まりまする。上様が重篤のいま、われら年寄衆は、諸侯や旗本の動きにも目を光らせなければなりませぬ」

実際に、その目は光を帯びて尖った。大炊頭は幕閣の懸念を教えてくれているのではない。監視の対象として、保科家も例外ではないと伝えているのだ。

信濃は冷めた目で、大炊頭を見返した。養父正光が駿河大納言と誼《よしみ》を通じているなどという話を信濃はこれまで聞いた覚えがなかった。駿河に近いというだけで保科家を牽制するため、わざわざ高遠まで来たのであれば無駄骨というほかない。

それ以前に、幕府の家督争いに関わる理由が、保科家にはない。高遠は小藩で、養父正光は権謀術数を用いて藩政を動かす人ではなく、善政の実現により徳川家の恩義に報いようとする気風の人間だ。家光の病に乗じて忠長に取り入ろうとする諸侯とは違う。

「大御所（秀忠）様は、かかる現状を憂えておられます。先頃、夜に手水《ちょうず》を使われようとしたところ――」

取り寄せた水に月が映っていた。秀忠が手を洗おうと、水の中に片手を入れた途端、月影が二つに割れた。それを見て察知したのだという。

「天下はいま、二つに割れようとしている由にございます」

黙り込む信濃の目をまじまじと見つめながら、大炊頭は切迫感を声音の抑揚で表した。

そのうえで余韻を残すかのように、二呼吸ほどの間を取った。

その時、予想もしなかった大炊頭の問いが、信濃の耳朶《じだ》を震わせた。

「信濃様は、ご自分の父上がどなたなのかご存知ですか……」

うろたえはしなかった。信濃はあっさり即答した。

「保科肥後守にございます」

場を支配していた大炊頭の目にもさすがに驚きの色が浮かんだ。作り笑いのように口の端を上げて、なるほど、と言った。

欄間《らんま》から入る陽の光が少し陰った。

今がその時だとばかりに、大炊頭が厳《おご》かに宣言した。

「それがし、これから実のお父上の名を申し上げなければなりませぬ。心してお聞きくだされ」

声にこそ出さなかったが、信濃は胸の内で、ほう、と感嘆していた。

いずれ誰かが実父の話を切り出すと想像し、どこかでその時を心待ちにしていた。その相手が、西の丸年寄筆頭の土井大炊頭だとは――。

大炊頭が両手を膝の上に置いた。その動きに反応して信濃も同じ動作を取った。

「大御所様がお父上でございます。信濃様は、公方様の弟君にあられまする」

「なるほど」

と、今度は信濃が呟いた。

不思議と感慨も驚きも生まれなかった。己の心が、事実を事実としてそのまま受け止めた。

「お気づきでしたか」

呆気《あっけ》なさすぎると思ったのか、大炊頭は意外そうだった。

「はい」

「いつから……」

「確信したのは、大炊頭様が切り出す直前でしたが、それ以前からうすうすは感じておりました」

「それはまた、なぜでござりましょう」

「わたしが養子に入るのと時を同じくして、保科家に五千石が加増されたと知った頃でしょうか。加増される理由はなぜなのか、と」

後の言葉を大炊頭が受けた。

「ご養子に入られた先に加増があるのは、徳川家ゆかりの者だということ。そうお考えなさったか……」

幼い頃、葵《あおい》の紋付きの小袖を見た気がした。あれは、自分のための小袖だったのか。信濃がそんな思いを抱く一方で、大炊頭は話を続けた。

「信濃様の血筋を知る者が、今後現れるやもしれません。さらには信濃様を利用してご政道に口出ししようとする輩が出てこないとも限りませぬ」

その言葉ににじむ棘《とげ》が気になった。遠回しにしているが、信濃の存在を警戒する含みを感じたのだ。その途端、握った拳に力が入った。

徳川家が押しつけたせいで、養父正光は他家の子を跡目に据える羽目になった――。

「大炊頭様の来訪の目的は、わたしにご政道への口出し無用を仰せつけるためでございましょうか」

湧き上がる様々な感情を押し殺しながら、信濃は問うた。

すると、坐したまま、大炊頭が両手を床についた。

「されば申し上げまする。このままでは、駿河様のお立場は微妙なものとなりましょう。上様に万が一の事態が生ずれば、次期将軍は駿河様でございます。ですが、上様ご快復の際には、彼《あ》の方の存在は獅子身中の虫となる恐れもありましょう。ご兄弟の争いはまさに西の丸の大御所様、すなわち実のお父上の危惧するところでございます」

実の父が大御所秀忠だと言われたばかりなのだ。将軍職の跡目の話をされても、気持ちが追いつかない。

（わたしの父は、ただひとり……）

信濃の内面を知らない大炊頭が、話の核心に触れた。

「駿河様にはお近づきにならぬように、お心がけください。見性院様、そして保科肥後守殿のお力添えを得るため尽力したそれがしからのお願いにございます。それでもやむをえず、駿河様にお会いになる時にはお願いがございます」

大炊頭によれば、駿河の忠長は、信濃の素性をすでに知っているらしい。異腹とはいえ、弟にあたる信濃と面会しようという動きもあるようだ。高遠に立ち寄ったのは、その知らせが入ったので、すべてを打ち明け、注意を促すためだったと説明した。

「お会いになる暁《あかつき》には、駿河様が何を考え、いかなる行いをしているのか、彼の方のご動向をお伝えいただきたく存じます。大樹《たいじゅ》はあくまで上様だということをお忘れなきよう」

大炊頭の申し出には、否《いな》と言わせせぬ雰囲気があった。

二

「それで、駿河様の動きを伝える役目、承知したのですか」

「むろん、引き受けると言っておいた」

「なんと……。意外ですな。信濃殿は跡目に関する争いなどに興味をもつお方ではないと思っておりました」

「駿河様の動きを知りたがっているのなら、同じようにこちらも危ぶまれているだろう。西の丸に配慮する素振りを見せておくに越したことはない。その気はないとしてもだ」

民部には、大炊頭との話の内容を細部にわたって伝えた。信濃が出自を聞かされたと知り、民部の表情から堅苦しさが消えた。隠し事がなくなって、心なしか晴れ晴れして見える。

出自に関してあれこれ口にするのは憚《はばか》られたが、どうしても聞いておきたいことが、信濃にはあった。

「それで、わが素性を知る者は、城の中でどのくらいおるのだ」

徳川家の血筋を隠し通すのは、容易ではない。自分の周りで隠しだてがあるのは気づいたが、これまで秘匿され続けたのはただ事とは思えなかった。

「信濃殿が高遠に来た折は、まだ七つであられたかと。江戸からのお付きの者は全員が知っていましたし、保科家中も若君に御目通りあった者には知らせてあります。無礼があって罰を受けるのは下の者ですから」

信濃は思わず民部を見返した。

では、周りにいた者はすべて知っていたということではないか――。にもかかわらず、信濃に出自を匂わす言動をとった者は一人もいなかった。

自分以外の者すべてが、秘密を守るための壮大な芝居をしていたのだ。将軍の血を引くが表沙汰にはされない信濃を気遣い、守秘を貫いた。上の者から端の者に至るまで、それこそ何年にもわたって……。並大抵ではない、その努力と慈しみの大きさを思った。

自分の出自を知らされず、居場所の無さを味わい、疎外感を抱いて育った日々を思い出した。幼い幸松丸にとって、周囲から孤立した日々もいつしか慣れたものになった。

しかし今、はじめて知った。疎外されたのでも、孤立したのでもなかった。

将軍の子でありながら他家の養子に出された自分の境遇に、信濃が引け目を感じぬよう、皆が真実を言わなかった。

それは労《いたわ》りだったのだ――。

渦巻くような感情がこみ上げてきた。壮大な芝居を続けた保科家の人々の気遣いに対して、自分に何ができるのか。感謝は、恩に報いようとする決意に変わった。ここまで尽力してくれた保科家に報いたい。ただ、その念だけが残った。

「民部、これまでの気遣いに礼を言いたい。礼を言いたい――」

信濃は深く頭《こうべ》を垂れた。

「これまで苦労をかけた。かたじけない。それがし、この恩は生涯忘れぬ」

「おやめください。家来筋にいう言葉ではありません。そのお言葉に一番ふさわしいお方が、先刻より部屋でお待ちになっております」

逃げるように立ち去る民部の後ろ姿を見送った。信濃は、養父正光の部屋に向かった。

「信濃にございます。よろしいですか」

部屋の外から声をかけると、いつもと変わりない正光の声がした。

「お入りなされ」

部屋に入って、正光に向かって正座した。

先に口を開いたのは、正光のほうだった。

「大炊頭様からすべてお伺いなされたそうですな。これで、片方の肩の荷が下りましたぞ」

「これまで保科家の養子としてお育て頂き、かたじけのう存じます。保科の名にふさわしい治政を行えるよう、今後も尽力する所存にございます」

頷く正光の仕草に、これまでと変わったところは見つけられなかった。そして出自を知った今でも、正光を父と見る信濃の心境に大きな変化はない。だが、正光はどんな思いで養父役を演じているのだろう。自分の存在が、正光に抜き差しならない決断を強いたであろうことは、想像に難くない。

徳川家の子を養子に迎える話が出れば、小藩の家は断れないはずだ。たとえ嫌だとしても、押し付けられた養育を甘受しなければなるまい。正光は、将軍から見放された自分を気遣ったのだろうか。あるいは、徳川家と誼を通じて保科家の行く末を安泰にしようという考えもあっただろうか。疑問は尽きないが、そうした事情を聞けるはずもなかった。信濃は息苦しさを感じた。

「大炊頭様は、このまま将軍家のお血筋を秘匿するのが上策、とおっしゃっておりましたな」

眉間に皺が寄ったかと思うと、正光がぼそりと言った。

大炊頭はまくしたてたという。将軍秀忠は、信濃との親子関係を公にはしなかった。もし信濃の血筋に他の大名が気づけば、その立場を利用して今の将軍家に対抗しようとする勢力を生みかねない。事実、尾張と紀州もその機会を狙っている。だから、他の大名には知られずにいなくてはならない。信濃の出自を知るものは、将軍家のみに留めるのが望ましい、と。

「たとえ大炊頭様の意に反するものであったとしても、お父上の大御所様にお目通りを願うべきですぞ」

「お目通りを願う……」

「いきなりというわけではありませぬ。駿河大納言様は、幸松殿の実の兄。身内である駿河様に、お取り次ぎを願う書簡を書いたところでござる。血のつながる弟からの依頼とあれば、お力添えをいただけるでしょう」

養父正光は、親子としての対面を実現させることが、当初からの自分の役割だったと言った。それが叶《かな》ってはじめて、両肩の荷が下りるのだ、と。

正光の話を聞いて、信濃は自問した。自分は大御所秀忠から、公にわが子だと認めてもらいたいのだろうか。

そうとは思えない。だが、正光が真に望むのなら、それを叶えるのが、養父に報いる唯一の務めのような気がした。

三

清水湊《しみずみなと》の青い水面に白い波が立っていた。供の者たちの中で、目を奪われない者は見当たらない。たしかに絶景には違いないが、しかし信濃は旅を楽しむ気分にはなれなかった。

信濃が父正光に伴われて駿府を訪れたのは、その年の九月だった。

六十九歳の正光は高齢のうえに病に伏せりがちな体にもかかわらず、駿河大納言忠長との謁見《えつけん》に執念を見せていた。

ここに至って、正光の願いはただ一つ――。信濃を大御所秀忠と対面させ、親子の名乗りをさせること。

駿府には、信濃の兄の大納言忠長がいる。忠長は謁見を申し出る正光に、駿府に出向くように返事を寄こしてきた。自分が行く、と粘る正光を前に、遠出を控えるよう進言できずにこの日を迎えた。

「権現様が諸大名に命じて普請した天守だ。荘厳なものだな」

正光に促されて、信濃は駿府城天守を見上げた。

一里先からでも見えるほど巨大な五重の天守がそびえ立つ。本当に人の手で作ったのかと、見紛《みまご》うばかりだ。最上階は、入母屋《いりもや》造りの大屋根に望楼が置かれている。大屋根には黄金の鯱《しゃち》が飾られ、軒瓦とともに金色に輝いていた。

かつては徳川家康が居城とした城だ。二十四年前の慶長十年（一六〇五）、家康は将軍職を子の秀忠に譲ると大御所となり、江戸から駿府に居を移し隠居した。諸大名が威信をかけて造り直した城は、城郭の中でも最大級の大きさを誇り、その風格は見事というほかない。

城に入ると、すぐに広間に案内され、忠長に謁見を許された。

羽二重《はぶたえ》の小袖に、黒地に金襴《きんらん》の縫い取りのある羽織。豪奢な姿の忠長は上機嫌だった。

太い眉の下の大きな目が、信濃を見つめた。

「弟がいると聞き、ぜひにも会いたいと思っておったところだ。長旅、ご苦労だった。

肥後守の願い通り、父上（秀忠）への取り次ぎの労を取ろう」

父正光のかねてからの願いを、忠長は快く承諾した。

五十五万石を知行する大納言とはいえ、忠長の口調には身内特有の親しみやすさがあった。十九になった弟の存在には興味をそそられている様子だが、同時に信濃を値踏みする気配を漂わせていた。

「ところで、上様（家光）に謁見するより先に、この駿府に来てくれたのだな」

御意《ぎょい》にございます。正光がそう答えると、忠長は無邪気に笑顔を見せた。

忠長にとっては、下の弟が家光よりも先に自分に会いに来たことが重要な意味をもつらしい。現にそれを機に、信濃をまっすぐに見すえて、一層気さくな物言いで話しかけてきた。

「わが母は気性の激しい人だった。母がそなたを遠ざけたか」

面食らって答えられずにいる信濃を見て、忠長が忍び笑いを漏らした。

「実の子の上様でも持て余した母だから、そなたも難儀したことだろう」

余裕に満ちた笑みでそう言うと、今度は気兼ねなくけらけらと笑った。

忠長と将軍家光の母は、三年前に亡くなった。名はお江といい、浅井《あざい》長政《ながまさ》の三女で、その母は織田信長の妹・お市《いち》である。その血筋のせいか、お江は気位が高く、大奥では権勢を誇ったと聞く。

「そなたの母はまだ健在か。それならば、生きているうちに孝行に励むがよい」

忠長の問いは、信濃自身の身の上にも及び、信濃の前髪を見て、なぜいまだに元服をしないのかと訝しがった。信濃の母おしづが江戸を離れたのも、信濃が元服前なのも、徳川家が表沙汰になるのを避けたいきさつが影響しているが、その点には思いもよらない様子だった。

質問攻めはなおも続いた。

「いまのわしは、駿河、遠江、甲斐に五十五万石の知行を得ているが、それで満足しているわけではない。なぜ将軍の子が前田や伊達より小さな国なのか……。それで、そなたはどこを知行地にしたいというのだ」

「知行地……」

際限なく続くと思われた会話が途切れた。高遠以外に知行を得るなど、考えたこともなかったのだ。

「高遠の地以外に望んでおりませぬ」

本音を言うしかなかった。忠長は黙って見ている。信濃が何かをつけ加えると思っているのか。

少しの間があった。

後の言葉が続かないのを知り、忠長は、よせよせと言わんばかりに首を振った。

「高遠藩は三万石だろう。徳川の血を引く者はもっと大きな国をもつべきだ。いや、むろん望みはあるのだろう。われらは共に権現様の孫ぞ。望むのが当たり前だ。他人行儀は、もうよせ。望んでない振りなどしなくてよい。上様ともご相談のうえ、おいおい相応《ふさわ》しい知行も与えてもらわねばなるまい」

「それは……」

正光と目を合わせ、しばらくの間、信濃は語る言葉を失っていた。

信濃が望んでいたのは、高遠の地で保科家繁栄の礎《いしずえ》を築くことだった。ただ、それに尽きる。だが、あくまで将軍家の血筋を重んじる忠長は、領国の大きさにこだわりを見せた。五十五万石は少ない。徳川家に生まれた者のあるべき姿を、明確に語った。それは野望といってもいい内容だといえる。そして自分だけでなく、信濃も当然、同様の野望を抱くべきだと決めつけた様子だった。押しつける善意をむげに拒否できずに、信濃は口を閉ざした。

「わしは徳川にふさわしい人物ではなかったなどとは思われたくない。さすがは、武家の誉れだと言われたい。そう思わぬか」

忠長は懐から扇を取り出し、おもむろに広げた。

水墨山水が描かれた扇だ。自慢気に話す忠長によると、その扇は、駿河の沖で捕った鯨のひげを使っているのだという。

「われら徳川は、扇の要のようなものなのだ」

それから忠長は、その扇の要を指で示した。要とは、何本かの扇の竹の骨を根元でまとめて固定する留め具を意味する。

「まとめる者がいなければ、諸侯はばらばらの存在にすぎない。争いも起きよう。放置すれば国は乱れる」

忠長の話は熱を帯びた。その口調は、徳川家に生まれた信濃に言い聞かせるようでもあった。

この国をひとつにつなぎとめているのは、われら徳川なのだ。仮に、徳川が〝要〟としての役目を怠れば、扇の骨ははずれて畳の上に散らばってしまう、と。

忠長には、三国を治める主《あるじ》としての確固たる自負があるように思えた。その自負が徳川の血に由来しているのは明らかだ。自ら大国を治める責務があると信じている。

いや、血筋だけが理由ではないかもしれない。先ほど見た駿府城の大天守の威容が、頭をかすめた。

巨大な城郭という舞台そのものが、忠長の自負を肥大させる原因になったのではないか。広大な城の中で、家老にはじまり雑兵、奥女中からも頭を下げられる存在だ。その頂点に立って城を統《す》べる者は、より大きなことを成し遂げられると思うようになるのではないか――。

さらには、城を造った者にも、思いは向かった。造ったのは徳川家康だ。若い頃の家康は、人質同然の身で今川家の世話になっていたと聞く。居場所のなかった家康が、すべてを手に入れたのちに最後の寄る辺としたのが、この巨大城郭だった。

そこに何らかの意味を見出さずにはいられない。家が弱小だから、人質同然の身になるのだ。家が大きければ、人質にされるはずもない。そう考えて、徳川家を武家の棟梁の地位にまで押し上げ、昔住んだ今川館跡のこの場所に、力を誇示するかのように巨大城郭を建てる気になったのではないか――。

上段の間では、忠長がより熱い声で望みを語っていた。

「よいか。われらは互いに大御所の子、そして権現様の孫だ。今後は、そなたも徳川家の血を引く者としての自覚が必要だ。何も信濃の田舎に収まっていることはない。困った時には、いつでもわしのところに来るがよい。親子の名乗りにも尽力しよう。公になれば、諸侯たちも一目置くようになる。そなたにかしずく者も出てこよう。それでこそ徳川一門の在り方というものだ。徳川が力で諸侯をまとめなければ、扇骨はばらばらになって、扇は用をなさなくなる。二人で力を合わせるのだ。徳川の治世のために……」

戸惑いながら忠長の話を聞いていたはずが、いつのまにか、忠長に共感を抱いていた。信濃は、忠長の大きな目に魅入られた気がした。

おそらく、この巨大城郭が、忠長の胸に野望の火を燃やした。兄家光が死の瀬戸際をさまよった時には、次期将軍として立つ覚悟もあったはずだ。忠長には、一領主ではなく、諸侯をまとめる棟梁としての己を感じた刹那があった。

その呪文をかけたのは、巨大城郭を建てた家康だろう。そして、その呪文は忠長だけでなく、信濃の胸にも小さな火を点けた。

先ほどから意識してするのではなく、ごく自然に自問している。最初から将軍の子として育てられたとしたら、自分は何を目指しただろうか。大きな舞台で思い切り腕を振るいたいと、そう思わずにいられただろうか。思う存分、自分の力を試してみたい。そんな理想をもたなかっただろうか……。

徳川の血筋として生きる人生を最初から与えられたとしたら――。

信濃は、この城と忠長に搦《から》め捕られていく自分に気づいていた。さらには、徳川家という弱小の家を将軍家にまで高めた孤高の男の存在すら、近くに感じたような気がした。

四

帰路は早かった。行きより短い日程で移動した。高遠に着くと寒さが増して、駿府に比べて季節がひと月ばかり進んだかのようだ。

戻った信濃のもとへ、落ち着かない素振りの民部正近がすぐにやって来た。駿府への帯同を申し出た民部の願いは、留守居がいなくなるという理由で正光に退けられていた。

「信濃殿。戻るなり、部屋に引きこもってしまうとはあんまりですぞ。成り行きを教えてください」

「どの話の成り行きだ」

「大御所様との御目見《おめみ》えを取り次いでいただく話ですよ。駿河様は何と仰せになりましたか」

「ああ、そのことなら大御所様に申し上げてくださるそうだ」

どこか冷めた言い方に、民部が訝しんで眉を寄せた。

「何か気になることでも……」

「こたびは先方もお会いになると言ったのだ。色よき返事をするのが礼儀であろう。もっとも、大御所様がどうお考えになるかはまだわからぬ」

「わからぬのは信濃殿のお考えです。実の兄上に会われたのに何やら浮かぬ顔ですな。駿河様は何と仰せでしたか」

民部の探るような目が、信濃の瞳を見つめた。

「いろいろだ」

「信濃殿を弟と認めてくださいましたか」

民部の興味は結局、その点にあったのだろう。いつしか子の成長を見守る親のような気持ちになったに違いない。いまだ前髪立ちのままの現状を憂えているのだ。

「こちらが考えている以上に、兄弟の縁を感じてくれたのは確かだ。母親の違いや育ちの違いについては気にもしていなかった。なによりも徳川の血を重んじるお方であった」

信濃は、民部が期待した答えを口にして、笑みを見せた。

「それは重畳《ちょうじょう》でございました。まずは駿河様との謁見はつつがなく済んだということですな」

「権現様の小袖までいただいた」

「なんと、それはまた……」

案の定、民部は飛び上がらんばかりに歓喜を表した。

「浮かれてばかりはいられない。大炊頭様は、わたしが駿河様と親密になるのを危惧していた。将軍家にとっては保科家も警戒すべき相手と位置づけているのかもしれぬ」

真顔になった民部がそれに応じた。

「兄弟争いのおそれですか。大炊頭様からは、駿河様のご様子をお報せするよう、仰せつかったのでしたな。公方様がまだ幼い頃、お江の方様が弟の駿河様ばかりかわいがり、兄弟お二人をそれぞれ推す者たちの諍《いさか》いを招いたと聞いております」

「権現様のご判断により、長子が家督を継ぐと定まったのだ」

将軍家光の病が重くなり、跡継ぎの話が現実味を帯びた時期に、大炊頭は高遠に現れた。その後、家光の疱瘡は一か月ほどで治癒したため、駿河の忠長を推す勢力も表立った動きはしていない。諍いが起きる危険は、今では去りつつある。

だが、病弱な家光に不安はつきまとう。兄弟争いの懸念も、いつ再燃するかわからない。

どちらが跡継ぎにふさわしいかを、その能力によって決めるのが公平だという見方もある。幼少時には塞ぎがちだった家光に比べて、聡明で快活な忠長を推す一派もその考えだといってよい。だが政情が安定した世では、長子優先によって争いなく跡継ぎを決めるべきだと望んだのがほかならぬ家康だった。

「上様と駿河様は、やはり仲がよろしくないのでしょうか」

「わからぬ。少なくとも、駿河様には上様への他意があるようには思えぬが」

「あくまで噂にございますが、上様は、才気煥発で両親に愛された駿河様を快く思っていないとも聞き及びまする。もしそれが本当なら、駿河様の側からも上様に信を置いていないということも考えられまする」

いずれは御目見えするかもしれない上様に関して、信濃は何も知らされていない。一方の忠長には、じかに見た経験から将軍に対する二心があるとは思えなかった。

「いや、駿河様は、ある意味、わかりやすい方だ。天衣無縫のご性分ゆえ、思ったことを口にし、やりたいことをおやりなされるだろう。その分、奸智《かんち》に長《た》けた人間とはかけはなれた人物に思えたが」

「酒はいかがでしたか」

「えっ……」

「駿河様の酒癖でございます。酔ってご乱行に及ぶという話もございます」

信濃は首を横に振った。

祝いの宴の席で、たしかに忠長は酒好きの一面を見せた。だが乱行というほどではなかったはずだ。

「どうも巷《ちまた》に流れる噂話とは食い違っているようですな」

「徳川は、扇にたとえれば要だそうだ。要がはずれれば、国はばらばらになってしまうと仰せであった」

「将軍家というのも因果な家柄でございまするな。弟君がいなければもしもの時に跡継ぎに困りますが、だからといって大事にしすぎればまた厄介な火種になりまする」

信濃は表情を消した。

民部は、将軍家光の弟君・忠長の話をしている。だが、ここに至ってもう一人の弟の存在が表に出れば新たな火種になるのかもしれない。

そうした危惧は、母おしづが抱いていた不安と重なる。出自を知った信濃に、おしづは、実父に関して口を閉ざした理由を打ち明けてくれた。むろん、徳川家の血筋にありながら公にされない境遇に引け目を感じさせないようにという意図もあったという。だが、それ以上に、地位を巡る勢力争いに巻き込まれるのを恐れていた。知らなければ、地位を得ようとはしないだろう、と。

実際、将軍の弟だとわかり、同じ立場の忠長と会った直後に変化は生じていた。自分を試したいという熱――。その炎の高まりを感じたのだ。

高遠では、凶作により年貢米の負担が重くなり、財政が圧迫される年がある。それを目の当たりにすれば、米をはじめとする産物を作り出すことの重要さを、嫌でも思い知る。将軍家の威信とより豊かな財があれば、新田開発や産業開発に思う存分腕を振るえる――。

自分の中にそうした欲が生まれたのは明らかだが、欲を自覚した信濃を引き留めるのは母おしづの言葉だった。

「幸松殿をお腹に授かって以来、わたしは敵意ある人々の目を避けて逃げ回りながら、必死で生きてまいりました。新たな地を訪れるたびに、その地の神社仏閣に参り、祈りを捧げました。この子が生き延びますように、と」

おしづは、それまで見たことの無い必死の形相で思いのたけを切々と訴えた。母は徳川家に頼ろうとはせず、かえって徳川家から逃げることで生き延びてきたのだ。

権力に近づくのは、災いの元になる。おしづは身をもって学んでいた。

「いずれ将軍の子と名乗らせてあげたいという願いはありますが、それ以上を望んではいません。幸松殿の中には、己の力を試したいというお気持ちがおありでしょう。母であるわたしにはわかります。ですが……」

母はそれ以上、何も言わなかった。自分の中にある、力を試したいという気持ちを抑えてほしい。おそらく母は、そう伝えたかったのだろう。

わたしの望みは、保科家の恩に報いることだけです、と信濃は言った。

それを聞くと、おしづは静かに頷いた。

五

江戸鍛冶橋《かじばし》近くの保科邸から見上げる空にうろこ雲が広がる。稲架《はさ》に掛け干しにされた稲が風に吹かれる季節になった。

部屋を出た信濃は、濡れ縁から見る雲に向かってひとつ息を吐いた。

いま目にした正光の寝姿からすると、死期が迫っているのは明らかだ。信濃と共に駿府まで足を延ばした養父も、あれから二年の歳月を経て七十一歳になっていた。

世間では寿命を覚悟する年齢である。藩邸の家臣たちや女子衆がすでにその時を予感し、屋敷内はどんよりとした空気に覆われていた。

（もったとしても、あと半月だろう）

正光が病床についたのは、九月に入ってからのことだ。容態はすぐに悪化し、重篤な状態になった。

正光の願いは叶っていない。大御所秀忠との親子の対面は実現しなかったからだ。取り次ぎの労を図るはずの忠長は、もはやそれどころではなかった。

駿府での出会いの翌年、寛永七年（一六三〇）の暮れに二人は再会した。信濃は江戸の屋敷に入った折、駿河藩邸の忠長を訪れたのだ。

忠長は、信濃の訪問を労いつつ、大御所秀忠に取り次いでいないことを気にしていた。

「すまぬな。上様が壮健な時期には、怠慢でいるのが一番よいのだ。下手に動くと周囲がいちいち目くじらを立てて不自由する」

忙しく動き回ると、何かと詮索されるらしい。忠長の表情には陰が浮かんでいた。

「むしろ、お気を煩わせて申し訳ありませぬ。お顔色がすぐれませんから、養生なさるのがよいと存じます」

異変を感じた。以前に見せた目の輝きが失せている。忠長は暗く沈んだ視線を信濃に向けた。

「酒量が増えているだけだ。具合の悪いところはない」

怠慢は、退屈につながる。忠長の顔は物憂げだった。

「駿府では、どのような過ごし方をなされておりましたか」

「鷹狩りや御前試合の観覧をしておった」

疲れた笑みを浮かべながら、忠長が答えた。さらに、思いついたように話し始めた。

「浅間《せんげん》神社の猿が近隣の田畑を荒らしておるのだが、そこに住む猿は神獣だという口実のせいで打つ手がなかった。わしの領地でそんな不埒《ふらち》は放置しておけない。千頭もの猿を退治してやったわ」

駿河国の浅間神社は、八百年来の殺生《せっしょう》禁止の場所だと言われている。猿狩りをやめるよう懇願する神主に対して、国を悪くする行いを看過できないと一喝し、聞く耳をもたなかったようだ。

それが作物を守るためならいい。だが、退屈を紛らわせるための行いなら、危うい気がした。

再会は、信濃を不安にさせた。

はたして信濃が案じた通り、忠長は、信濃との二度目の対面のあと、駿府の城を追い出されて甲斐国に謹慎の沙汰を受けた。酒乱が高じており、養生の必要があるからだという。上様からの沙汰だが、大御所秀忠も忠長の乱行を嘆いていると聞いた。それ以後の事情は知らなかった。

土井大炊頭が藩邸まで正光の見舞いに訪れたのは、そんな時だった。

「ご病状芳《かんば》しくなし、と聞き及び、まかり越した次第にございます」

部屋に案内したが、当の正光は眠り続け、わずかな間しか目を覚まさない有り様だった。

別室で話をした。

「肥後守殿の容態はどのような具合にございますか」

「もはや本復は望めません。安らかな遠逝《えんせい》を望みおりまする」

「さようでしたか。お休みとはいえ一目お顔を目にすることができて幸せでございました。肥後守殿は大恩あるお方ゆえ」

大炊頭が放っておくには忍びないという風情で見つめてきた。

信濃は大炊頭に礼を述べた。

「かたじけなく存じます。眠ってはおりますが、ご足労いただき父も喜びましょう」

「ご立派なお方を養父となされ、幸せでしたな」

「肥後守が父でよかったと思っております」

大炊頭が頷いたのち、話を変えた。

「ところで、駿河様の現状に関して聞き及んでおりまするか」

黙したまま、信濃は首を横に振った。

「甲斐での謹慎に当たって、上様は条件を出されました。行いを正せば大名への復帰を認めるが、悪ければ改易というものでござる」

駿河様との距離を置いたのは正しいご判断でした。そう告げると大炊頭は屋敷を去って行った。

十日後――。小康状態となって、目覚めた正光に呼ばれた。

正光は咳き込みながら、途切れ途切れに言葉をつないだ。

「幸松殿は……わが人生の最後に咲いた花で……ございました。大御所様との親子の名乗りを見届けられないことだけが……心残りでございます」

信濃は養父の手を力を込めて握りしめた。声を振り絞るのに、正光よりも時がかかったが、口に出すと一気に言った。

「いえ、わたしにとっての父は、あなたさまだけでございます」

背後では、母おしづが、涙ぐみながら「お礼を申し上げます」と頭を下げていた。

保科正光が息を引き取ったのは、その二日後の十月七日のことだった。

六

「上意」

吹く風が身を切るような寒さをもたらす日の午後、酒井雅楽頭《うたのかみ》忠世《ただよ》の屋敷に、厳粛な声が響いた。

裃《かみしも》姿で頭を下げる信濃に、信濃高遠藩三万石の家督相続の認可が伝えられた。

酒井忠世が手にするのは将軍家光の上意書である。酒井の後方には、土井大炊頭が列座し、信濃の背後には保科正近、篠田《しのだ》隆吉《たかよし》ら五人の高遠藩家老が主君と同じ姿勢で控えた。

襖《ふすま》に描かれた花鳥風月の赤や橙《だいだい》の色が、部屋を囲むように明るく映えている。

信濃は高遠藩三万石の藩主となった。

それに合わせるように元服し、名も幼名の幸松丸から正之《まさゆき》と定まった。保科家代々の通字「正」の一字を受け継いだ名である。一番ほっとしているのは正之ではなく、元服が遅れている状況を、何かと心配していた家老連中だった。

とくに幼い頃からの側近の保科民部は、長年の重荷を下ろした感慨深さからか、このところ口数が減っていた。名の「正」の文字と共に正之が受け継いだのは、父正光がこよなく愛した高遠の地とそこに生きる民たちだ。正光の死で支えを失った悲しみは大きいが、同時に、新たな正道が見え、出自のしがらみは過去の流れの中に溶けていった。

「家督相続の儀もつつがなく終わり、重畳至極《ちょうじょうしごく》に存じまする」

土井大炊頭が別室の正之のもとを訪れて来た。将軍家光の弟である正之に対し、二人差し向いの話の時の大炊頭は、臣下の礼をとる。そういった振る舞いが律儀者と呼ばれる所以《ゆえん》なのだろう。

「高遠での肥後守殿の葬儀も執り行われた由、お疲れも溜まっていることでしょうな」

短い間に正之は高遠に戻り、葬儀や法事を仕切ってきたばかりだった。

「お心遣い、ありがたく存じます」

「墓所は高遠の地だと伺いましたが」

「高遠にある保科の菩提寺、建福寺《けんぷくじ》でございます」

保科正光の遺体は荼毘《だび》に付され武田家ともゆかりの深い高野山成慶院《せいけいいん》に埋葬されたが、墓所は保科家菩提寺の高遠の建福寺とした。正光の父正直《まさなお》の墓所の隣である。

「保科家当主として、いよいよ政に辣腕を振るう時が来ましたな。向後《こうご》は、他の大名との交誼《こうぎ》も深まります。将軍家の弟君というお立場を知れば、邪《よこしま》な思いで近づく手合いも増えてまいりましょう。そうした動きが間違いの元になりまする」

「肝に銘じます」

正之が将軍家光の弟だということを、多くの大名は知らない。

「されど、風聞は、本人のあずかり知らぬところで広がっていくものでございます。駿河様の例もありますれば、くれぐれもお気をつけくだされ」

正之の脳裏に、変調を来した忠長の顔が浮かんだ。

「駿河様の今のご様子をご存知ですか」

正之が訊ねると、大炊頭が声を潜めて教えてくれた。

「ご行状はよろしくありませぬ。昼間から酒に酔って前後不覚に陥り、近くの家臣を理由もなく手打ちにしたこともございました」

「それは本当なのでしょうか。にわかには信じられませぬ」

「いまは小康を保っておりますが、時を隔てますと時折、意味のわからぬ言葉を口走ることもあります。もはや何らかの病を疑うほかございませぬ」

忠長の現状は、想像を超えるものだった。かつて大器の片鱗を見せた男と今聞いた行状がうまく結びつかない。

忠長は幼少の頃より、兄である家光よりも才気を認められ、両親の愛情を注がれて育った。一部の家臣たちもその様子を見て、むしろ忠長こそ将軍の器だと見なした。その評価が本人にある感情を生んだ。

それは、将軍に匹敵する存在になれるのではないか、という期待である。

身を越えた望みがかなわないと知った時に、本人に生じるのは何か——。おそらくは当てが外れたという苦い思いだ。その思いは、本人の外に流れ出ることはなく、知らないうちに澱《おり》となって心の裡《うち》にたまっていってしまうものだ。

家光に比肩する存在として認められたい。そう思うあまり、自らを将軍候補として扱わぬ周囲に苛立ち、自らの立場に不安を覚える。自分の命令を聞こうとしない者と遭遇した場合も同様である。その相手がたとえ猿であったとしても……。

巨大城郭が、忠長の胸に期待を抱かせた。呪文をかけたのは、巨大城郭を建てた家康だ。忠長が甲斐に追われ、駿府城から離れた時、呪文は解けたのだ。

大炊頭の話はまだ続いていた。

「ただし、近々に限っては良好な状態にあるとの知らせがまいりました。駿河様には金地院崇伝《こんちいんすうでん》や南光坊天海《なんこうぼうてんかい》らの僧侶とのつながりがございます。いまは彼らのもとに、大御所様のご機嫌伺いをするため、年寄衆の許可を得てほしい旨の書状が届いております」

忠長は甲斐に謹慎させられながらも、父秀忠との面会を強く望み、各方面に取り成しを頼んでいるという。

「大御所様は、そのことをご存じでしょうか」

「お伝えしておりますが、決してお会いになろうとはなさいません。大御所様ご自身の病状が芳しくないということもありまするが」

かつて幼少の忠長に愛情を注いだ大御所も、忠長の行状を聞き及び、それが将軍家の行う政道の染みになるのを恐れて拒絶しているのだという。

われら徳川は、扇の要のようなものなのだ——。

忠長の言った言葉が頭の中に響いている。

忠長に出会わなければ、自身の中にある欲に気づけなかっただろう。それは、思う存分自分の力を試してみたいという欲である。だが、その欲は身を滅ぼしかねない危うさをはらんでいる。

忠長を他山の石として己を見つめたとき、自分の進む道が垣間見えた。その先は、徳川家に戻ることではない。

将軍家光が要とすれば、あくまで正之は扇の骨なのだ。骨には骨の分《ぶん》がある。そして面となる地紙《じがみ》がなければ扇は用をなさぬ。

大炊頭を見送った正之のもとに、民部が近寄ってきた。

「大炊頭様とのお話は長引いておりましたな。いかなるお話をなさったのでしょうか」

「なに、扇の話が出ただけだ」

正之は民部の問いに笑顔で答えた。

「扇でございますか」

「扇の要といっても、所詮、鯨のひげ。要だけでは風は送れぬからな」

だが、意味がわからぬ民部は、訝し気に首をひねっただけだった。

大炊頭を乗せた乗り物はすでに門外に去り、江戸城内に向かって消えていた。屋敷から見える天守は、まるで天下を睥睨《へいげい》するかのようだ。

正之は冬の寒さに包まれたまま、風の音に耳を凝らした。

山深い甲斐の地で、兄忠長は何を思っているのだろう。背を向ける大御所の住む江戸城西の丸に向かって、今も会いたさに叫び声をあげているのだろうか。
吹く風はいつのまにか冷たさを増し、激しい咆哮《ほうこう》をあげながら、通り過ぎて行った。

権現様の鶴

一

南蛮人の放つ鉄砲の大音響が、港を震わせた。防守にあたる旗本たちがしきりに何かを叫んでいるが、耳鳴りで一切がかき消されて聞き取れない。

徳川家光が後ろを振り返ると、そこらじゅうの板壁や屋根から火の手が上がっていた。敵の放った火矢が、何本も頭上を飛び越していくのが見える。強風にあおられた火は、柿葺《こけらぶ》きの屋根を伝って江戸の町を焼き尽くしていく。

のたうつ赤い大蛇が、空を走るかのようだ。渦巻く火柱が、黒煙の中から現れたかと思うとすぐに姿を消し、次の刹那《せつな》にはかけ離れた一角を真紅の炎で包んでいる。

猛火の中で、江戸の民たちは右往左往するだけだった。わずかに残る者が沖に向かって矢を放つが、敵船までの距離の半分も届かない。沖には、三本の帆柱を立てた何隻もの洋船が、江戸城に大筒を向けていた。

「誰ぞ、あの大筒を破壊できる者はおらぬのか」

家光は、あらん限りの声を振り絞る。同時に味方の将を探して辺りを見渡すが、それらしい甲冑姿《かっちゅう》はどこにもいない。

すると背後で、哄笑《こうしょう》とともに冷やかす声が上がった。

「おぬしの下知に、従う者などいるものか」

「その通りだ。征夷大将軍の名で人が動くと思ったら、大きな間違いだぞ」

「おぬしは、父御や母御からも疎《うと》まれておっただろうが。いっぱしの将軍気取りは早々にやめるがよい」

姿なき声の主たちは下卑《げび》た目だけを光らせて、口々に非難の声をあげる。中には、あからさまに罵声を投げかける者もいる。

これは夢だ――。

今まで何度も見た光景。そう気づいた家光はとっさに、夢なら覚めよ、と念じてみる。だが、宙に舞う火の粉の熱が妙に生々しい。むしろ今見ているものこそが現《うつつ》なのだと思えてならない。せかされるように江戸城に向かって駆け出した。

夢の中ではいつも、その後は、城の大手門までたどり着く。懸命に煙をかき分けながら、暗闇の中をひたすら本丸めざして突き進む。熱の中を走るせいで、だらだらと汗が滴《したた》り落ちる。時折、城から逃げ出そうとする者とぶつかりながらも、前へ前へと進み続ける。城内に入ると、息切れしながら長い廊下を駆け、奥の間へと足を踏み入れた。

外では、帆船の大筒の音が響いている。音響のたびに体が硬直する。

「権現様《ごんげんさま》は、どこにおわしますか」

渇いた喉《のど》で声を振り絞る。

それが合図だったかのように、それまで家光の周りを包んでいた熱気が急激に冷めていく。汗は嘘のように乾き、肌寒さすら感じる。

暗闇のため、上座がどの方角なのか気づかなかった。と、部屋の一角が行燈《あんどん》のような灯りに照らされ、御簾《みす》の向こうに人の気配がした。いつの間にか、上段の間に祖父家康が座している。

ああ――。

白髪の家康は、ふくよかな笑みを湛《たた》えて家光に視線を送ってくる。

その姿を見て、心の底から安堵する。直後に、体中に生気が満ちてくる。家康がついていれば、悪鬼だろうと天魔だろうと、何も恐れることはない。

「権現様。わたしにお力を与えてくだされ」

その場にひれ伏した。神の称号で呼ばれる家康の前では、三十路《みそじ》の家光も幼少時の自分に戻っている。

頷いた家康は、無言のまま懐に手を入れると、金の扇を取り出して開いた。

家光は目を見張った。これは……。

神通力か。開いた扇子から、大きな丹頂鶴が現れた。

陰陽のごとき羽毛の黒と白。頭頂の赤。色彩の組み合わせに、思わず目を奪われる。

伸ばした両手でその鳥を受け取った途端、部屋を覆っていた暗闇は去り、気がつくと強い陽射しを浴びていた。

いつのまにか鶴とともに空に浮かび、江戸の町を見下ろしていたのだ。

鶴が大きく翼を羽ばたかせると、敵の帆船が港を離れて退散していく。江戸の町を覆っていた炎が消えてゆく。大筒の音が鳴りやみ、代わりに旗本たちの勝鬨《かちどき》が聞こえてきた。

鶴の未知なる力に驚いていると、ふと、その足に何かが巻かれているのが目に留まった。

「けがをしているのか」

顔を近づけてよく見ると、骨が折れたのか、鶴の片足に添え木が巻かれている。

添え木は帯紐で巻かれ、しっかりと固定してあった。誰が巻いたのか、その帯紐が妙に気を引いた。女物の山吹色の帯紐だった。

手負いでありながらも敵を追い払ったのかと思うと、いとしさに思わず手が伸びる。家光がそっと手のひらで羽をなでると、鶴は答えるようにかん高い鳴き声をあげた。

気づくといつのまにか、また江戸城の部屋に戻っていた。

いま一度、家康の尊顔を目に焼き付けようと御簾の向こうに目をやると、もうそこには誰もいなかった――。

家光はそこで目を覚ました。

江戸城の寝所の中――。

襖越しに隣の部屋の小姓に声をかけて、半身だけ起き上がる。

ここひと月ほど、頭が痛み、咳が止まらなかった。そのせいか眠れない夜が続いていたが、つかの間とはいえ今朝は至福の夢に浸ることができた。

小姓の用意した手水盥《ちょうずだらい》の水で顔を洗い、手ぬぐいで顔と上半身を拭かせると、頭が一層冴えてきた。

「久しぶりによく休めた。お父上が亡くなられて以来、初めてのような気がする」

小姓がほっとした顔で頷いている。家光の咳気がひどいと、頭を悩まされるのは小姓や医官たちだ。機嫌よく目覚めた家光を目にして、今朝は安堵したに違いない。

改めてこれまでの生活を振り返る。大御所秀忠の死から、瞬く間に一年半が過ぎた。

あまりにも慌ただしい日が続き、まともな養生をしてこなかった。

家光が伏見城《ふしみじょう》で後水尾《ごみずのお》天皇の勅使より将軍宣下《せんげ》を受けた時、まだ若々しい二十歳だった。二度と内乱の起きない泰平の世を築く。その使命感に胸躍るものがあった。だが、将軍になっても、幕府の実権を一手に握ったわけではない。父秀忠は江戸城西の丸に移って大御所となり、なお実権を握っていた。

だから、昨年春に秀忠が他界すると、将軍に権力を一元化することが、最初の課題となった。代替わりの行事で目まぐるしく動いていく中で、古い年寄衆を幕政から遠ざけ、子飼いの家臣「六人衆」を新たに年寄に就任させることに尽力した。

だが、孤立無援の中、性急な改革を進めるのはいささか荷が勝ちすぎたのかもしれない。病弱な家光にとっては肉体的にもきついが、それ以上に将軍の重圧がひしと心にのしかかり、ここにきて頻繁に体調を崩していた。

思えば、生まれつき病気がちな体だった。三歳の時に大病を患《わずら》い、将軍になってからも疱瘡《ほうそう》にかかり、生死の境をさまよう経験もした。

生来の不眠もあって、難題に心休まらぬ日が続いた。そんな家光を駆り立てたのは、同じ幼名をうけついだ祖父家康への強い思いだった。

襖の向こうから小姓が告げている。

「巳の刻（午前十時頃）に、松平伊豆守《いずのかみ》様がお越しになります」

松平信綱《のぶつな》は、年寄に引き上げた子飼いの男だ。小姓の頃から頭が切れ、細かい所にまで目が届く。家光の容態を気にして頻繁に会いに来ていたが、せんだって重要な案件があると申し出ていた。

眠れない日は人と会うのも気疲れするが、今日は、来客も億劫《おっくう》だとは思わなかった。久しぶりにみた夢の中でつかんだ丹頂鶴の首の生温かい感触まで、はっきりと思い返すことができる。

(夢の光景を、また絵師に描かせよう)

これまでもさまざまな絵師に家康の肖像を描かせたが、今回は狩野《かのう》派が家康と丹頂鶴をどう描くのか、今から楽しみだった。

満ち足りた気分のまま約束の刻限に信綱を迎えると、席に着くなり話し始めたのは、高崎に逼塞《ひっそく》中の家光の弟・駿河大納言忠長《ただなが》の近況だった。

「上様もお聞きおよびでしょう。駿河様がご乱心なされて以来、そのご行状の平静なることを祈って様子を窺《うかが》ってきましたが、一向にご快復の兆しが見えませぬ。土井《どい》大炊頭《おおいのかみ》(利勝《としかつ》)殿をはじめとする年寄の方々は、そろそろ上様にもお覚悟をいただかなくては、と申しておりますれば、それがしが仰せつかり、参上した次第にございます」

いきなりの難問に、家光は困惑した。

「覚悟とはどういう意味だ。駿河に出家でもさせようというのか」

「駿河様のご乱行が、諸大名の統率にとって差し障りとならないような措置を講じるお覚悟を。そういう意味でございます」

それでは、かえってわからぬ。喉まで出かかったその言葉を、家光は呑み込んだ。

駿河大納言忠長は、幕府にとって悩みの種だった。三年ほど前から在国の駿府《すんぷ》で辻斬りに出るなど常軌を逸した行動を見せていた。家光は使いを送って幾度か忠長に意見し、改心を促したが、その行動は改まることなく、かえって家臣を手討ちにするなどの乱行が重なった。そのため最初は、所領の甲斐に謹慎させたが、秀忠亡き後の昨年十月、忠長の領地没収と、上野《こうずけ》高崎への逼塞を命じていた。

幕閣や諸大名の中には、忠長を捨て置けば諸大名への示しがつかない、と見る向きもある。

一介の大名なら腹を切らせれば事は済むだろうが、諸大名の改易とはわけが違う。じつの弟の話なのだ。死を望むわけがない。忠長が以前のような利発さを取り戻せば、互いに白髪になるまで諸国を治め、徳川の世が続く眺めを共に見たい。

「伊豆。そのほうの意見も同じじか」

「望ましいのは、駿河様自らが上様の苦しいお立場を慮《おもんぱか》り、身を処されることでございましょう」

忠長も、家光の前ではしおらしく振る舞い、反省と謝罪を繰り返してきた。時をかければ治る見込みもある。

「もうしばらく様子を見る、と皆に伝えよ」

信綱は驚いたふうもなかった。家光の指示を受け入れ、次の案件に移った。

「いまひとつは、稲葉《いなば》殿のご病状に関する話でございます」

「おお、病を患い体調も思わしくないと聞いたが、その後、加減はどうか」

「芳しくありませぬ」

重苦しい口調で返事が返ってきた。

稲葉正勝《まさかつ》は、乳母《うば》である福《ふく》（春日局《かすがのつぼね》）の実子である。乳兄弟として幼年時代から家光の側にいて、いわば最も信頼できる家臣だった。将軍直轄の年寄として重用してきたが、このところ、病によって出仕も難しくなっている。信綱によれば、稲葉の死期は間近に迫っており、後釜を準備すべき事態だという。

これも、家光にとっては大きな痛手だ。

「土井大炊頭殿の仰せによれば、上様を支えるにふさわしいお身内が、もう一人、おられるとの由にございます。上様におかれましては、稲葉殿をご出頭させたお心遣いの半分でも彼《か》の方にご配慮願いたい、と。大炊頭殿よりのお言伝《ことづて》にございます」

ゆらりと気持ちが揺らいだ。家光は、側近である稲葉正勝の幕閣における地位の引き上げを図ったことがある。その表れとして、四万五千石を加増したうえで相模小田原《さがみおだわら》八万五千石へ転封した。土井は、それを踏まえたうえで、もう一人の男を推挙している。

(彼の方か……)

高遠《たかとお》藩の家督相続の裁可を与えた折、拝謁を許したその男の顔が頭によぎった。自分や忠長に似ているかどうかに関心があったが、面長の顔の輪郭からして二人とはかけ離れて見えた。これまで何件もの家督相続の挨拶にのぞんできたが、あの時も、将軍の威光を見せつけるために、格式通りの態度に終始した。

「伊豆、この話、どこまで知っておる。そちは誰だか聞いておるのか」

「恐れながら、高遠藩保科肥後守《ひごのかみ》殿と伺いました」

「知っておったか」

家光でさえ、その存在を知ったのは、わずか三年ほど前のことだ。西の丸の年寄が集った席で、もう一人の異腹の弟の話を土井大炊頭から聞かされた。その時はじめて、高遠藩保科家の養子幸松《こうまつ》の実父が秀忠だと知った。先代正光が他界し、その弟は、高遠藩の家督を継いで保科正之と名乗り、養父同様に肥後守と呼ばれている。

一度だけ父秀忠にその弟の話を向けたことがあった。

覚えがある。それだけ口にすると、父はそれ以上、黙して語らなかった。父と正之は親子の名乗りをあげていないと土井に聞かされていたので、対面を提案してみたものの、父はきっぱりと首を横に振った。

その所作が、もう一人の弟に対する秀忠の態度を表していた。父は、保科正之との親子の関係を公にするつもりはない。面会すら認めない。家光は、そう受け取った。だから、秀忠の死に伴う遺産分けでも、肉親としてではなく、譜代大名の一人として遇するにとどめた。

「大炊頭殿は、将軍家の弟御へのあまりにも冷たい仕打ちに憂慮しておいでございます」

「冷たい仕打ちとは言いすぎであろう。血のつながりを考慮すればこそ、増上寺の父上の霊廟の普請を命じたのだ。ないがしろにしたつもりはないぞ」

秀忠の霊廟造営では、土井利勝を総奉行とし、保科肥後守も普請にあたらせた。

「大炊頭殿は、肥後守殿を一廉《ひとかど》の人物と見ているようでございます」

「だから、（稲葉）宇右衛門《うえもん》のように取り立てろ、というのか……」

父秀忠の今際《いまわ》の姿が一瞬目に浮かんだ。弟忠長の乱行を、父は許さなかった。その苦々しい思いが、もう一人の弟の認知を拒んだのだろうか。いずれにせよ、父の遺志を考えれば、軽々に取り立てるわけにはいかない。

（さて、どうするか）

保科肥後守は、これまで秀忠の子として名乗り出ることはなかった。その沈黙が不気味にも思える。忠長の例もあるのだ。扱い方しだいでは火種になる。新たな弟の出現は家光にとって、また一つ増えた悩みの種でしかなかった。

立ち去る信綱の背中を見ながら、家光はため息をついた。

（親子か）

父秀忠は、弟正之をどう思っていたのであろうか。その思いは、自分自身の境遇にも向かった。自分が将軍になって、父には不満が残ったのではないか。

うな垂れる父秀忠と、にらみつける祖父家康の面影が、家光の記憶に蘇った。

二

四つか五つの頃の家光は、乳母の福に連れられて、時折、実母お江《ごう》に会いに行く習わしがあった。広い城内のどの部屋なのか当時は知らなかったが、途中で鈴を鳴らしたのを覚えている。

何より嫌だったのは、母への挨拶の口上を述べる時だ。緊張して言葉に詰まった。黙ってしまう家光を見て、福が、挨拶の言葉を教えてくれた。が、話を始めると頭の中は真っ白になり、練習した言葉は途中で途切れてしまった。どもる家光を見て最初は笑ってくれた母も、いつしか冷たいまなざしを見せるようになっていった。

一度、母に言われて返答に窮したことがある。

「自分で思ったことをそのまま言えばよいのです」

「何を言うかは……、お福が決めております。自分で思ったことをそのままと仰せられましても……」

幻滅した母の目に見据えられ、家光は、それ以上語る言葉を失った。

そばでは、小さな男の子が動き回っていた。弟の国松《くにまつ》（忠長）だ。当時は、国松が母の手元で育てられているとは知らなかった。国松には、お江が自分で乳を与えた。

「国松の賢さには驚かされる」

父秀忠がそう口にし、母お江がうれしそうに頷く姿を見たことがある。父と母の関心は常に国松にあった。母の膝にはいつも弟が座っていた。家光が同じように膝に座った記憶は、ただの一度もない。

国松の可愛がられようは、次第に秀忠の側近たちにも影響を及ぼしていった。そのせいか、幼い家光は人と接するのを苦手にするようになる。

幼い頃の話し相手は、乳兄弟の稲葉正勝や、家光付きの小姓である松平信綱だった。三つの時に大病をした家光を、二人は何かとかばってくれた。今にして思えば、この二人がいなければまともに成長することなどできなかったであろう。

だが歳を重ねるにつれて、秀忠の周囲にいる者たちは、ますます自分を軽んじるようになっていった。

たとえば、秀忠の小姓連中がそうだ。父秀忠から兄弟二人に呼び出しがあった時、ひとりの小姓は、先に国松に呼び出しを知らせ、時間を遅らせて家光に知らせた。その結果、いつも国松が先に秀忠の御前に出ていた。家光が秀忠の前に出る時には、あたかも遅参したかのように身の置き場のない思いをたびたび味わうことになった。

そんな境遇に置かれれば、嫡男に生まれたにもかかわらず、将軍後継者の座を失いかけたのも無理のないことだろう。吃音《きつおん》を気にして無口になった家光に、周囲の目は冷たかった。誰もが、利発な弟の忠長に目をかけたのだ。

しかも悪いことに、家光は病弱だった。病のせいで死にかけたことさえあった。将軍は武家の棟梁として、何よりも頑健さを求められる。家光では将軍職は務まらないと、皆が危惧した。自然と、両親の期待は弟に向かった。父秀忠も、母お江と同様に、弟忠長が世継ぎにふさわしいと考えたようだ。

嫡子である自分を救ったのは、祖父家康だった。福のとりなしによって、家康が動いた。

その時の強烈な思い出がある。兄弟二人で御前に召し出された時のことだ。広間には父や母以外にも、何人もの幕閣が列座していた。

その席で、祖父家康は、「竹千代《たけちよ》殿、近う寄れ」と、家光を上段の間に呼んだのだ。

一方、国松には上がることを許さなかった。

天下を睥睨《へいげい》するかのように皆をにらむ祖父家康。うな垂れる父秀忠。そこに居合わせた皆が驚愕していた。あの時、祖父が兄弟の秩序を最優先すると言った。家康の鶴のひと声が、家光の将軍職を約束したのだ。今となっては、すべて内輪の話だった。

あの情景を思い出すたびに胸にこみ上げてくるものがある。三代目ともなると、生まれながらの将軍である。誰からも認められる将軍になりたい。ならなければならない。その一心で、秀忠亡きあとの日々を過ごしてきた。心労で倒れそうになったのは、一度や二度ではない。心折れそうな時には、いつも家康だけが頼りだった。あの瞬間から、家康への恩義のためなら、命を捨てても惜しくはないと思うようになったのだ。

三

「保科肥後守の母御は、亡き大御所様の乳母・大姥局《おおうばのつぼね》付きの腰元だったとの由《よし》にございます」

数日後、家光は、松平信綱の報告を複雑な思いで聞いていた。

保科正之の高遠藩三万石は、将軍の弟にしてはたしかに小藩だといえる。だが、重用するには、人となりや詳しい背景を知らなすぎた。

調べ上げたのは惣目付《そうめつけ》である。家光は江戸中に目付を放ち、大名に関するいかなる些《さ》細《さい》なことでも調べるように命じていた。その目付を統括するのが惣目付の職にある者たちだ。中でも柳生宗矩《やぎゅうむねのり》の情報網はいたる所に張り巡らされており、大名、旗本の動向を容易に知ることができた。諸大名に関する情報を集め、謀反の動きがあればその芽を早い段階で摘み取る。だが、まさか父親の過去まで掘り出させることになろうとは思ってもみなかった。

「御中﨟《おちゅうろう》でない女というわけか……」

悋気《りんき》の強い母上がお許しにならなかったはずだ。やはり、父秀忠が保科肥後守との親子関係を公にしようとしなかったのは、それが理由なのか……。

父の内心を想像して首を傾げた。

「田安門近くの比丘尼《びくに》屋敷で過ごしたのち、七つの時に高遠保科家に養子入りしております」

養育した者として、見性院の名があがった。幼き頃の肥後守を育てた武田見性院《たけだけんしょういん》は、十一年前に逝去していた。

「保科家に入るに当たって、年寄の中で尽力した者がいるはずだ。やはり、土井大炊頭か」

「御意にございまする」

昔、世話をしたという経緯があるのなら、土井が肥後守の厚遇を望むのはわかる。だが、土井ひとりの私情で肥後守を優遇するのは危険だった。

「肥後守とは、どんな人物だ」

「どのように調べても、悪評はありませんでした。高遠での噂程度しかわかりませぬ」

家光は小さく頷いた。

「それでよい、申せ」

「領民の評判は上々にございます。もっとも先代が亡くなってから、まだ日が浅いこともありまして、肥後守自身の評判か先代のものかも判然とはいたしておりませぬが……」

「相わかった。大炊頭に訊くのが早そうだな」

それから数日を経て、土井利勝が自ら目通りを願い出てきた。松平信綱も一緒だという。

二人を部屋に呼んだ。

保科肥後守の話かと思ったが、そうではなかった。土井は張りつめた表情を隠そうとはしなかった。

「いかがした」

「されば駿河大納言様のことにございます」

吐き出すように、土井が口を開いた。

「忠長……。忠長が何とした」

威儀を正しながら、土井が家光を見据えた。

「駿河大納言殿、高崎にてご自害」

肌が粟立った。

（なぜだ）

部屋の床が揺れるような錯覚に陥った。

いいや、理由は想像できる。忠長は将軍に次ぐ力を持つのが当然だと考えていたため、五十五万石の大身《たいしん》でも満足しなかった。その不満が常軌を逸する行いをひきおこした。やむを得ず、所領を没収のうえ、高崎に逼塞させたが――。

長すぎたのだ。逼塞は一年余りに及んでいた。気位の高い忠長には耐えられなかったのだ。

こうなるとわかっていたら、寺にでも入れるべきだったか……。

後悔は、体面を案じる言葉と化して現れた。

「世の中は、わしが駿河を死に追いやったとみるであろう」

「駿河様がご自身で招いた結果にございます」

土井利勝も松平信綱も、取り繕う言葉を口にした。だが、その理《ことわり》は、世に通用はしまい。弟を突き放した家光の慰めにはならなかった。

その日から、体調がまた悪化した。

裁可を求められても、何も決断ができない。年寄衆が家光の意見を聞きにきても、途中で何の話だったかわからなくなる。そうした事態が続くようになった。

周囲は、家光の容態を心配して、幾種もの薬を飲ませ、その直後は気分が良くなるのだが、時がたてばまた記憶が濁る。

福はとりわけ心配し、何人もの医官を連れてきたが、処方をしても病状が快復しないと叱りつけて放り出した。

(このまま治らないかもしれない)

家光は、また日ごとに気が塞いでいった。

そのためか、二日に一度は小姓にある儀式を命じるようになった。

「絵を見る。小座敷に三幅掛けよ」

「どの絵にいたしますか」

「今日は、三番、七番、十五番にする」

用意が整った頃合いを見計らって、家光は小座敷の襖を開けた。その途端、畳の匂いに混じり合った膠《にかわ》の匂いが、鼻の奥から胸へと吸い込まれる。襖を閉めるのももどかしい気分で、絵に向かう。

最初の掛け軸の前で、深く礼をした。この刹那に至福を感じる。

愉悦《ゆえつ》に震えながら顔をあげると、絵に描かれた祖父家康と目が合った。

最初の絵は、まだ壮年期の家康だ。四十ぐらいだろうか。衣冠に身を包み、笏《しゃく》を手にする姿が勇ましい。静かな闘志が表れる目で、遠くを見つめている。

家光はその凜々しさを身に受けて、生唾を呑み込んだ。

南無東照大権現。唱え言葉を口にする。

残りの絵にも、それぞれ異なる年代の家康が描かれている。その後、二幅の絵の前で同じ所作を繰り返した。

絵を見終わると、御座《ござ》の間の前では、松平信綱が家光を待っていた。

「弔意のため江戸城に登城する大名は、皆無でございました」

信綱は、そう報告した。

信綱によれば、忠長の亡骸《なきがら》は高崎の大信寺《だいしんじ》に葬られたが、参列する者はなく、墓さえ建てられなかったという。

諸大名にも忠長の乱行は知れ渡っていたから、高崎に幽閉されたのちは、誰もが関わり合いを避けていた。

噂はいくらでも耳に入ってきた。ある者は、取り立てて騒がずに日常どおりの行いを推奨したという。またある者は、忠長の死が、家光の将軍としての立場の礎となると評した。

家光は、そうした周りの対応にまるで幼少期の自分の境遇を見るようで、救いの手を伸ばさなかった自分も、かつて家光をないがしろにした者たちと同類なのではないかと思った。

ただ――、と信綱が付け足した。

「目付からの報せによれば、武家と思しき者が内々に、大信寺に弔《とむら》いに訪れた由にございます」

家紋などの手掛かりを与えず、名乗りもしなかったという。

諸藩は幕府への恭順の意を疑われるのを恐れている。忠長との関わり合いを表沙汰にしたくないのは無理もない。そのなかで、危険を冒しても忠長の弔いに、あえて人を送った家があったということだ。

「尾行《つけ》たのか」

「むろんにございます」

「どこの者だ」

「高遠藩にございます」

短い返答があった。そう聞いて、思い当たった。

「やつか」

「御意。保科肥後守殿の家中の者にございます」

問いに答える信綱の声が、重く響いた。

保科肥後守正之。もう一人の弟への興味が湧いた。

四

静養したせいか、日を追うごとに体の調子は良くなり、年が明けた頃には元通りに快復した。

その期間に考えていたのは、弟・保科正之とどうやって会うか、その口実についてだ。

家光は、御三家である水戸《みと》家の頼房《よりふさ》や六人衆の松平伊豆守信綱、阿部《あべ》豊後守忠秋《ぶんごのかみただあき》、堀《ほっ》田加賀守正盛《たかがのかみまさもり》らに声をかけて茶会の手配をした。その席に弟・保科正之を呼んだのだ。

会場となった品川御殿は、海が一望できる場所にある。その背後には、御殿山の葉桜が薄緑色に萌え、海と山の両者相まって、見る者が息を呑むほどの景観を湛えていた。

水戸家を招いての御成《おな》りと喧伝させたので、正之は家老を連れて品川にやってきた。

御成り。広くは、将軍の鷹狩り、寺社参詣、大名邸訪問などを意味する。が、家光の場合、将軍直々《じきじき》に大名たちとの茶会を催すことが多かった。それは父秀忠の教えによるものでもある。

数年前、父秀忠から言われた。

「なぜ、わしが諸大名との茶会を頻繁に行うのか、その理由がわかるか。それは、自ら将軍として大名たちの屋敷に行き、目を光らせるためだ」

秀忠は御成りを、大名統制の一環と考え、多くの場合、訪問先には外様《とざま》の大名家を選んだ。実際、御成りが決まった大名は、屋敷の改築を余儀なくされ、財力を減じた。

だが、人付き合いの苦手な家光は、茶会を開くにしても、外様大名を訪問する機会は少ない。相手には、年寄をはじめとする幕閣や御三家、歳の近い水戸藩の頼房など、自分の意に沿った者を好んだ。

そうして何度か茶会を開いていると、大名たちの中に、率先して将軍の御成りを待ち受ける者がいることに気づくようになる。

茶室という狭い空間で茶を点《た》てて味わう。その営みには互いを近づける働きがある。茶会の御成りを受けた大名側では、それを名誉に思い、その家の権威さえ高まるのだ。

（なるほど、茶とはこういうものか）

いつしか家光は、将軍と大名との主従関係を確認し、徳川の幕政を強固なものにするために茶会をよく利用するようになっていた。

だが、正之を茶会に呼んだのは、少し趣が異なる。

茶室――。

茶を点てるとき、その狭い部屋の中では身分の差はないという。

これは、あくまで建前だ。しかし、その建前によって解放される心もある。実なき虚にすぎないが、時に虚を必要とするのが人間《じんかん》なのだ。正之を見るには、茶事こそ最適な手段だった。

家光と頼房が飛び石を渡りつつ数寄屋《すきや》に入ると、保科正之がいた。

「こたびはお招きいただき、ありがたく存じまする」

正之が頭を下げたままの姿勢で、口上を述べた。

「あらたまらずともよい。体もよくなったゆえ、今日はゆるりと茶を飲むことにしたい」

家光が声をかけると、今度は待ちきれぬように頼房が正之に向き合った。

「肥後守だな。噂には聞いていたぞ。さあ、頭を上げて楽にせよ。水戸の中納言《ちゅうなごん》だ。見知りおけ」

「もったいないお言葉、うれしく存じます」

正之の顔に笑みが浮かんだ。

思わず、頼房と正之を交互に見比べた。途中、頼房は、正之が亡き秀忠の実子だという噂は聞いたことがあると語った。頼房も、秀忠の面影を探す風情で正之を見つめている。

水戸頼房――。徳川家康の十一男で、常陸《ひたち》水戸藩二十五万石を領す。父秀忠の弟にあたる。家光にとっては叔父になるが、一歳違いなのでどちらかといえば僚友に近い。何よりも頼房は、幼少時を駿河の家康の元で過ごして成長したから、厚い信頼を寄せていた。

皆がそろったのを見計らって、家光は、台子《だいす》皆具《かいぐ》の前に坐した。そのまま手ずから茶を点てた。ゆったりと茶筅《ちゃせん》をふるい、水戸頼房と保科正之に茶を飲ませた。

正之の所作は堂に入り、流れるようだった。はじめて茶会に呼ばれる客は、なんらかの緊張を見せるものだが、正之の動きには不必要な力の入り方が見られず、滞りがなかった。

頼房が正之に声をかける。

「見事な点前《てまえ》だ。のう肥後守」

「はい」

茶室内は暗いが、正之の落ちつきは格別だった。誰かから習ったには違いないが、まねるだけでなく己の創意を表す工夫が見られた。

数寄屋（お茶）行事がすむと、掛け軸や置物といった諸道具の鑑賞に移る。

今日は参加者が多かったので、家光は別の広間に諸道具を並べさせていた。茶室を出た順に、皆が広間に入ってくる。

天目《てんもく》を鑑賞する正之と頼房に、家光は近寄った。

「茶の湯は誰に習った」

正之に声をかけた。

「高遠では、建福寺《けんぷくじ》の鉄舟和尚《てつしゅうおしょう》にございます」

「その者だけか」

「小堀遠江守《こぼりとおとうみのかみ》殿の手ほどきを受けたことがございます」

小堀遠州《えんしゅう》は古田織部《ふるたおりべ》の第一の弟子と言われ家光も師事している男だ。どうりで所作に淀みがないはずだ。

「茶の湯は好きか」

「無作法ですが、忙中に閑を見出す喜びがございます」

「大御所と二人で茶会について話をしたことがある。人が茶の湯を好むのはなぜだと思う」

少しの間ののち、正之は嚙み締めるようなものの言い方をした。

「ただ茶を飲むだけのために人が同じ場所に居合わせる不可思議さでござりましょうか。この場かぎりで他人をもてなす縁。そこに醍醐味《だいごみ》があるのだと思いまする」

家光は、素直に頷いた。

自分や父秀忠には、茶の湯を利用するという底意があった。意義については微妙な違いを見せても、重要なのは効用だという点では一致していた。幕閣のいざこざとは無縁な正之がそのように答えたのは、ある意味で新鮮に思えた。

「茶の点前では、何を心掛けている」

「行いを正し、徳を養うにあり、と。鉄舟和尚は、茶に限らず、手の所作だけでなく心の営みの教えを重んじるお方にござりますれば」

話が生真面目な内容に及んでも、正之の表情には照れも臆面も表れなかった。

「高遠での政《まつりごと》に苦労はしていないか」

「政に苦労はつきものでございまする。いま少し新田開発が進めば、石高も増えますし、民の暮らしもよりよきものになるかと」

不服ではないか。喉元まで出掛かったが、まだ早い気がして口にはしなかった。代わりに、別の話をもち出して反応を窺うことにした。

「母御も高遠に居ると聞いたが」

それまで淀みない受け答えをしていた正之が、身内の話になって一瞬、返事に間をおいた。

「御意にございます」

身構えた正之の表情には、必要以上の話を慎もうとする意図が表れている。

だが、隣で聞いていた頼房が、場の雰囲気を察しようともせずに、気さくな物言いで横槍を入れた。

「肥後守の母御のことなど、わしは兄上より何一つ聞かされていないぞ。どのようなお方だ。御台所《みだいどころ》一筋の兄上がなびいたのなら、さぞや美麗だったのであろう」

無風流な物言いに、家光はすぐに口を挟んだ。

「おわきまえくだされ」

「なんの。これより大事な話などあるものか。母御は将軍の子をなしたのに、奥にも呼ばれなかったというではないか。そもそも徳川の血筋の者が、なぜ今までなおざりにされておったのか、腑に落ちぬ。肥後守、事情を申してみよ」

頼房の声が一段と高くなった。

どうしたものか。困惑した家光の目に、堀田加賀守と阿部豊後守の訝《いぶか》しそうな顔が飛び込んできた。騒ぎに気づいて、広間の中に注視する者がちらほら見える。

その時、正之は真顔で二人のそばに身を寄せると、声を潜めた。

「生まれた時、台徳院《たいとくいん》（秀忠）様が、お茶を濁そうと、御台様に知られぬうちに里子に出したと聞いておりますが、今となっては内輪の話ゆえ、あまり表に出しますと差し障りがございます」

「茶を濁そうと、将軍の子を里子に出したか……。恐妻家の兄上らしい」

あまりに直截《ちょくせつ》で俗っぽい言い方に、思わず頼房が笑い声をあげた。

釣られて家光も、けらけらと笑った。久しぶりに腹の底から笑いがこみ上げてきた。

二人が笑い声をあげたので、集った者たちが怪訝《けげん》そうな視線を向けてきた。不審そうな視線を浴びながら、それでも家光はおかしさに心ゆくまで笑った。

そういえば――。

忠長の死を知ってから、笑った覚えがないのに気がついた。

家光は正之の答えに満足した。城内で育てられなかったこの弟は、まるで異なる場所で、違った世界を見てきたのだ。その結果、汲々とせず、江戸城にいれば直面したであろう些事に囚われていない。土井大炊頭の言うように、今の立場は将軍連枝の者としては冷遇しすぎかもしれない、という考えがよぎった。

今度こそ一歩踏み込んだ。

「三万石は、そちには少なくはないか」

「それがしには過分の待遇にございます」

正之が即答した。それが真意なのかどうか、家光には判然としなかった。

「なにゆえだ」

「大名家の皆が皆、大藩を望んで世の要《かなめ》の地位につこうとすれば、国は立ち行きませぬ。高遠には、天竜の豊かな水と、木曾の山の緑樹があり、春には天下一の桜が咲きます。土地の者は朴訥で人優しく、その民らを慈しむことにより、蒔いた種が実を結ぶがごとき喜びを得られるのです。これ以上、望むものはありませぬ」

その言葉が胸に刺さった。

雷にでも打たれたように慌てた。家光が孤独を味わい、気鬱《きうつ》に苦しんだのは、自分ひとりで国を治める重圧に今にも押しつぶされそうだったからだ。もしも大名が自らの領地をよく治め、将軍を支えてくれれば、国は立ち行く——。

小藩である高遠にいる弟は、言葉を交わさなくても、その肝要をわきまえていた。また、家光自身、新たに気づかされたことがあった。自分以外にも、自らの立場で国の行く末を案じている者はいる。この保科正之がそうであるように。

将軍は、自分ひとりで決めるのではなく、そうした志ある者の意見に耳を傾ければよい。そのうえで、たとえ世間からは非難を受けても、将軍として正しいと信じる決断をすれば、それが蒔いた種となり、やがて実を結ぶ。

祖父家康も人の扱いには定評があった。とすれば、自分ひとりで判断を下したのではなく、人に任せることで判断を下したはずだ。

今まで東照大権現として信仰してきた家康が、身近な人間となって家光の裡《うち》に宿ったような気がした。

五

いつのまにか新緑が地を覆い、田植えが始まる時期になった。

家光は、久しぶりに供の者を引き連れて目黒筋の鷹狩り場を訪れた。澄み切った青空の下、風が肌に心地よくそよいでいた。いたる所でつつじが花を咲かせては、緑一面の景色に薄赤い化粧を施している。数か月前はあれほど不眠に悩まされ、気鬱で滅入っていたというのに、城を出て武蔵野の青空の下にいると、嘘のように冴え渡った気が体を満たした。

鷹狩り場では、何度も鞭《むち》を入れて馬を飛ばした。家光は、幼い頃より剣、弓、馬術の手ほどきを受け、ひと通りの心得があるが、その中では馬術を最も得意とする。とりわけ今日は獲物も多く、上々の気分で馬を操り、帰路についた。

振り返ると、徒《かち》の供の者たちが少し遅れている。つい馬の足を速めてしまったようだ。徒歩の側役を引き連れて遠出した時には、時折休む必要がある。途中で見つけた寺に立ち寄ることにした。

坂を見上げるように、すぐ奥に堂が建っている。山門の木の板には、墨の薄くなった文字が書かれていた。かろうじて成就院《じょうじゅいん》と読めた。

お忍びがてらの鷹狩りだったので、供の者には身分を伏せるように伝えておいた。深い意味があったわけではないが、大ごとになるのを避けるつもりだった。

住職が現れ、客殿に案内された。

いくつかの石仏が置かれているだけのこぢんまりした寺だが、その壁に描かれている菊の絵が見事だった。金地に、葉の緑や白と黄色の花の鮮やかさを施した彩色が、家光の好みに合っている。

「見事な菊だ。名のある者に描かせたのだろうな」

「恐れ入ります。お目が高いですな。狩野派の絵職人を呼び寄せて描いてもらいました」

狩野派を使ったなら、値も張ったに違いない。片田舎の寺にふさわしくない檀家《だんか》がいるのかもしれない。

「どんな檀徒がこの寺にあのような鮮やかな絵を描かせたのか」

住職は目の前の相手が将軍だとは思っていない。話を振られて、逆に訊き返した。

「高遠の保科家をご存知ですか」

「知っておる」

弟の家名を出されても、家光は平静を装った。

「ご当主の保科肥後守様のお母上が、当寺と縁の深きお方で、二十年近く前からご祈願に訪れておりました」

驚きの声を吞み込んだ。

期せずして訪れた見知らぬ寺で、また実弟の名を聞いた。家光は話に引き込まれた。

「保科公の母の布施であろうか」

「その通りでございます」

「この地は、保科公のご母堂の家が近いのか」

「そうではありませぬが、なぜかこの寺をお気に召しておられました」

父秀忠は、正之の母親を城内に置かなかった。その母はこの寺に何度も参詣したという。ここで何を祈ったのか、その願いに思いを馳せた。

「和尚、その母御をどのような者と見た……」

住職の目が昔をなつかしむように、遠くを見つめた。

「おしづ様というお方です。それはもう、お優しい方でございました。人だけでなく、花にも鳥にも慈悲深さをお示しになりました」

供の者の中には、鷹狩りの獲物を束ねて運ぶ役の者がいた。住職は、死んだ数羽の雉《きじ》を見つめながら呟いた。

「一度お越しになられた時に、動けぬ鶴がこの庭のちょうどあのあたりに舞い込んだことがございました……」

言いながら、庭の一角を指さした。

「鶴の片足の骨が折れていることに気づいたおしづ様は、木の枝を見つけると、自分の帯紐の端を小刀で切り取り……」

呆気にとられながら、話を聞いていた。

幻覚に似た感覚が蘇る。以前に見た祖父家康の夢だ。

動揺する家光の様子に気づかずに、住職は言葉を継いだ。

「鶴の片足に木の枝を添えると帯紐で巻いて手当てをなさいました」

白日夢の中にいる気がした。すぐ横には、絵の中の菊が色鮮やかに花弁を開いている。

「色は……」

かろうじて、かすれた声を振り絞った。

「えっ……」

住職が家光を見つめて怪訝な表情を見せた。

「添え木を巻いた帯紐の色だ。帯紐は何色だったのだ」

問われた住職の目が泳いだ。思い出せなくて困っているらしい。その視線が、壁の菊の絵を捉えた。

「そう、この菊と同じ色のような……山吹色でした」

家光は立ちあがった。

壁の菊に視線が張り付く。客殿の外では、供の者たちが家光と住職を交互に目で追っている。

「お客人、いかがなされましたか」

夢の中で見た家康の鶴と、正之の母が助けた鶴は、ともに山吹色の帯紐で巻かれた添え木が施されていた。

正之に、正室でない母から生まれた不遇があったように、家康のくれた鶴にも足のけがという不遇があった。その奇妙な重なりが暗示するものは……。

祖父家康が遣わした法具。それが保科肥後守正之なのだろうか。

近いうちに日光に下向しよう。東照宮に参詣するのだ。そのときに保科正之を実弟として共に連れて行く。そう決めた。

改めて寺の絵を見つめた。穏やかな眠りの中に戻って行くような心地よさの中で、家光は壁面に凛と咲く野菊を見つめ続けた。

千《ち》里《さと》の果て

「恐れながら、生まれた御子の名を頂戴したいと存じます」

正室が産んだ子ではなかった。しかし、二代将軍秀忠の実の子である。

「内々に済ませよ」

素っ気ない言葉が返ってきた。

が、引く気はない。食い下がり、付きまとった。

秀忠には名付け親になってもらう。親子関係を隠すというのなら、せめて無名の子どもに命名してもらう。それで、つながりは残る。

「なにとぞ上様じきじきに、お名前を賜りますよう」

湯殿にまで押しかけて、秀忠に迫った。脳裏には、今日、見たばかりの小さな手が浮かんだ。

観念したのか、秀忠はしばらく黙考した後、口を開いた。

「松平家ゆかりの松を使おう。幸《さち》を願って、幸松丸《こうまつまる》とせよ」

「御意。さすがは上様でございます。さらにもう一つ。子というものは親とのつながりの証《あか》しを持つことで、孝心を抱くと申します。ついては、上様の証しの品を賜りたいと存じます」

後日、与えられた。受け取ったのは葵《あおい》の紋付きの小袖だ。

自分には、実親との間を取り次ぐ者はいなかった。だが、幸松丸には、おのれ自らが後ろ盾になる。その一心だった。

一

江戸城内の本丸御殿の一室は、静寂に包まれていた。

土井大炊頭《おおいのかみ》利勝は禁裏《きんり》御所《ごしょ》の図面を脇に置くと、目頭を押さえて一息ついた。何度も目を通した図面だった。内裏《だいり》の配置はすでに頭の中に入れた。

徳川家光付きの年寄職に安息はない。幕閣の一人である利勝の政務はつねに山と積まれている。来たる七月には、将軍家光の上洛が控えていた。幕府の威信を賭けた一大行事である。

この度《たび》の行列は、これまでにない規模になる。

一昨年に大御所秀忠が死去し、三十一歳の家光は名実ともに徳川幕府の統率者となった。この上洛により、秀忠に代わってこの国を掌握するのは家光であると、万民に示さなければならない。

(弟の駿河様が自害してしばらくは、上様もふさがれていたものだが……)

駿河大納言忠長は、家光のすぐ下の弟だったが、辻斬りなど乱行を重ねた結果、駿河他五十五万石を没収され、逼塞《ひっそく》を命じられた高崎で、五か月前に自害した。

弟の死を知った家光の落胆は激しかった。が、今では鷹狩りに出かけるほどに快復しており、立ち直ったと見える。その背景には、もう一人の弟・保科肥後守正之の存在があった。正之は、家光の異母弟である。大御所秀忠は親子としての対面をしないまま亡くなったが、将軍家光はこの弟を取り立てる意志をすでに示していた。

家光が正之を評価したのは、彼に出すぎたところがなかったからだろう。同腹の弟・忠長は傲慢だった。五十五万石でも満足せずに、より多くの領地高を望んだ。忠長に従順さがあれば、あのような結末になっていなかっただろう。いや、忠長の自害を聞いて、どこかほっとしたのを覚えている。

過去を思い出して、利勝の胸に苦さが蘇った。頭を振って考えを追い払った。

(大丈夫だ。上様はいまだ気づいていない。駿河様の自害に側近たちの画策のあったことを……)

気を取り直して、参内《さんだい》の手順が記された次第書《しだいがき》を確認していると、襖の外から硬い声がした。

「大炊頭殿、よろしいですか」

入室を促すと、現れたのは、幕閣の酒井讃岐守忠勝《さぬきのかみただかつ》だった。忠勝は一回り以上年下だが、実直な人柄を買って、利勝が目をかけている年寄である。普段は穏やかな男だが、着座するなり、ただならぬ様子で声を潜めた。

「困ったことになりました」

「いかがした」

「先の加藤肥後の取り潰しに関することなのですが……」

険しい目つきでこちらの表情を窺《うかが》いながら、つかの間、忠勝が言い淀《よど》んだ。

利勝の脳裏に、とっさに加藤肥後守忠広《ただひろ》の疲れ切った顔が浮かんだ。一瞬、腹でも切ったのかと、疑念が頭をよぎったのだ。

加藤忠広は、加藤清正《きよまさ》が治めた肥後熊本の二代目の藩主だった。一昨年の不祥事により領地没収となり、今は出羽庄内《でわしょうない》で酒井家預かりの身となっている。

不祥事の発端は、息子の光広《みつひろ》が、家士をからかうために座興で書いた書状だった。彼が発した書状には、徳川将軍に対して謀反を起こす企てが、起請文《きしょうもん》形式で書かれていた。徳川家の威光を貶《おとし》める所業――。代替わりの節目だけに、幕府にとっても、利勝にとっても、座視できない事件だった。肥後熊本五十四万石には、改易の処分が下された。

だが、豊家《ほうけ》恩顧《おんこ》の大名への処分としては、これでも寛容だったとさえいえる。謀反の罪ではなく、光広の起請文作成をあくまでうつけ者のいたずらという穏便な形で処理した。

その結果、光広は助命されて飛驒《ひだ》国に配流《はいる》となり、父の忠広には、捨て扶持《ぶち》一万石が給された。

「加藤のことならば、すでに片はついたはずだが」

「それにまつわる妙な噂が出ているようです」

言いながら、忠勝は眉間に皺を寄せた。

「いちいち気にしていたらきりがないぞ」

「その内容を知り、捨て置くわけにもいかず、言上《ごんじょう》に上がりました。先の一件で、書状を出したのが、実は大炊頭殿だったと言われているのです。大炊頭殿が、偽りの謀反の廻状を諸大名に回し、もし公儀に届けない大名がいたなら、それを口実に改易している、と」

恐縮するように、忠勝が目を伏せた。

どういうことだ……。利勝は、荒唐無稽な御伽噺《おとぎばなし》でも聞かされた気がした。

「わしが大名家を試しているとでも……。馬鹿げた話だ」

だが、いかにも時期が悪い。上洛は差し迫っている。ここで幕閣の悪評がはびこれば、せっかくの家光の参内に傷がつく。厳重に吟味したうえの沙汰だったという自負さえ、利勝にはあった。

やましさはなかった。

しかし、反感を抱く者はいる。幕府の執政に不満をもつ大名は、幕府の力が強大になるのを、戦々恐々として見守っている。報告を受けた利勝は、不満を抱《いだ》く者たちのそうした確かな息遣いを感じ取った。

諸大名、とりわけ豊家恩顧の大名は、将来、家を取り潰しにしかねない土井利勝を警戒し、妄想ともいうべき噂を流して、幕府の治世に水を差すつもりだ。

（わしは、改易を恐れる諸大名の目の敵《かたき》というわけか）

これまで改易処分をした諸家の数を思い出した。実際、徳川幕府は、家康と秀忠の時代に数々の大名の改易を行ってきた。家光が将軍になって、秀忠が大御所だった時代を含めると、その数は三十八にのぼる。その中には、中村、堀、福島といった有力外様大名も含まれていた。さらに、その後も増え続けている。

だからといって、利勝が罠《わな》にはめたというのは、言いがかりもはなはだしい。たしかに改易は、結果として敵対勢力の力を奪い、幕府の収入を増やした。だが、そうした処分は、あくまでも諸大名に世嗣《せいし》断絶や武家諸法度《ぶけしょはっと》違反などの理由があったからではないか。

「偽の謀反の書状を作ったのは、加藤家の嫡男だ。死罪にされてもおかしくないところを、寛大に済ませた。なのに、わしの仕掛けた罠だと言うのか」

憮然たる思いが広がる。黙って聞く酒井忠勝の顔にも、困惑の色が表れていた。

利勝がこの問題を処理するに当たり、他家への動揺を抑える配慮は、むろん怠ってはいなかった。前田、島津、伊達、上杉、佐竹の有力外様五大名を江戸城に呼び、将軍家光からじかに加藤家を処分する旨を申し渡した。その際、加藤家嫡男に仕える家士から出た書状の実物も見せている。

それだけでなく、加藤父子は自ら罪を認めて、減刑の嘆願さえしたのだ。真相に疑問の余地はない。自業自得なのだ。それがなぜ、利勝の罠とされるのか――。

「噂の出所はわかっているのか」

「わかりませぬ。ただちに惣目付に探索を命じました」

「いずれにせよ、難儀が続きそうだな」

言い捨てて、利勝は唇を噛んだ。

二

噂のせいか、城内で利勝とすれ違う大名の態度がよそよそしくなった。

諸大名たちは、そんな噂など聞いたこともないと装うが、いつも以上に利勝の顔色を窺っているのは明白だった。

ところが一人だけ、公然とその噂を口にする者がいた。

その男、保科正之が登城してきたのは、数日後のことだ。長裃《ながかみしも》の礼服姿で背筋を伸ばして座る正之に、利勝は向き合った。

「上洛準備はお進みでしょうか」

「はい。滞りなく進んでおります」

静かな声が響いた。家光の上洛には正之も従うことになっている。

幼かった正之を武田見性院に預けたのち、高遠藩・保科正光の人柄に目を付け、正之七歳の時に養子先に選んだのは、利勝だった。その正之が将軍の弟として頭角を現しつつある姿を見て、自然に頰が緩む。

「ところで、上様のご上洛間近のこの時期、晴れの舞台に支障となる噂が流れております」

「謀反を促す廻状が諸大名の間に流れ、届け出ない大名は取り潰されるという噂なら、聞き及んでおります」

正之に躊躇《ちゅうちょ》はなかった。物怖じせずに端的に答えた。

利勝は改めて威儀を正した。

「改易の話に尾ひれがついております。公儀に対するいわれのない誹謗《ひぼう》中傷でござる」

「恐れながら、大名家取り潰しには、大炊頭様のご意向が強く働いているとの噂が後を絶ちませぬ。幾度となく噂が立てば、それを事実と思う者も出てまいります」

正之の思いがけぬ申し立てに、利勝は眉をひそめた。

「理由のない取り潰しをした覚えはありませぬ」

名指しされたことで、高まった感情が声に表れた。

「大坂の役の後、世に牢人者はあふれております。かような時に、さらなるお家の取り潰しでは、牢人はますます増えるばかり」

「何を申されるか。お取り潰しの大名には、それ相当の理由がござる」

正之は、利勝の目を見続けている。

「されど昨今、改易される大名は相当数に及びます。力で統制を試みるだけでなく、家の継続を促し、信を得るべきかと存じます」

正之の言い分を聞かされた利勝は、困惑を隠せなかった。改易の吟味には全身全霊をかけている。

「取り潰しの半分は、諸家の世嗣断絶によるもの。決して幕府が口実を設けて行ったのではありませんぞ」

諸大名の跡目相続は、徳川家との新たな主従関係の成立を意味する。それゆえ将軍がその世嗣の人物をよく見たうえで、跡目を許可することが条件とされた。

したがって、世継ぎがいない場合の養子による相続は、あくまで特別の恩典であり、事前の許可を要求される。さらに、先代の末期《まつご》にのぞんでの養子願いは、当主の意思かどうかわからず、君臣関係をないがしろにする恐れがあり、厳しく禁止されたのである。利勝が主張したのは、その世嗣断絶による改易の多さだった。

だが正之は、切実な面持ちで説き続ける。

「しかしながら、政《まつりごと》の基本は多くの人々の信を得ることです。改易の多さが世嗣断絶のせいならば、それに対処するため、いずれは末期養子の禁の緩和を考えてはもらえませぬか。牢人者があふれる世の中は、人々に不安を与えます」

大名家取り潰しにより、牢人が増え、食い詰めた者たちは盗みや追い剝ぎを行い、人々の混乱を招く。正之は、大名家さらには民たちの信の重要性を説いた。

信なくば立たず。民の信が無ければ、治世は成り立たないが、為政者が民に信を置かない場合も同様である。民への疑心が有れば、やがて用いる手段が狡猾《こうかつ》さを帯びて人心が離れる。これが、正之の言い分だった。改易による牢人者の増加には、いずれ幕府が手を打つべきだと考えていたのである。

（信なくば立たず、か……）

真剣に語る正之を見て、利勝は、決して悪い気がしなかった。幼い頃から知る正之が自分の口で政を語る姿を頼もしく感じた。

初めて出会った時の、保科正之の小さな手を思い出す。彼が幼い頃、陰に日なたにその身を保護したのは、利勝だった。

将軍秀忠に、庶子が生まれた——。二十三年前、その報が町奉行からもたらされた時、利勝には報告をもみ消す道もあった。秀忠には、正室お江《ごう》の産んだ二人の男子がおり、新たな庶子の出現は後継者争いの火種になる恐れがあったからだ。それは徳川にとって喜ばしいことではない。

母のおしづは、気の強い正室から疎まれ、人目をはばかって、神田の小さな屋敷に身を寄せていた。

生まれた子は、徳川との繋がりがない牢人の家の子として、そのまま市井《しせい》に埋もれさせる道もあっただろう。

だが、正之の小さな手を見た瞬間、利勝の気が変わった。

その手は弱々しそうに見えながら、はっきり利勝に向かって伸びてきて、必死に何かをつかもうとしていた。

利勝も、虚空に手を伸ばして、自分の居処をつかもうと拳を握りながら、幕臣の道を歩いてきた。気がつけば、伸ばされた正之の手を握り返していた。あの時に、正之を支えようと決めた。

理由は自覚していた。自身の境遇と重なったからだ。

利勝は、生まれてすぐに刈谷《かりや》城主水野信元《のぶもと》に引き取られたが、その水野は利勝が三歳の時に殺され、顔も覚えていない。その後、小身の徳川家家臣・土井利昌《としまさ》の子として育てられた。しかし、生母からは、意外な実父の名を聞かされていた。

――怠《おこた》らず行かば千里《ちさと》の果ても見む　牛の歩みのよし遅くとも

たとえ険しくとも、怠らずに行けば千里の果ても見ることができる。

そう詠んだ父が天下を取る道のりは、平坦ではなかった。

徳川家康こそ、利勝の実の父親だった。

家康の正室は、今川義元《いまがわよしもと》の姪《めい》の築山《つきやま》御前だが、名門意識が強く、嫉妬深かった。それゆえ家康は、周りには実父だとは言わず、庶子である利勝の養子入りを取り計らったのだ。

「家臣の模範となって、兄弟を支えてくれぬか。これもまた治世を行う者の一つのあり方だろう」

そう言って、七歳の利勝を生まれたばかりの秀忠の傅役《もりやく》に定めた。

後悔はなかった。若い時から苦杯を嘗め、逆境に耐えた家康を尊敬していた。その背を追って、家康の言葉通りに身を粉にして働いた。徳川家の忠臣という役に徹したのである。

成人して家康に似ているという噂が立った時は、当時の武士は決して落とさないひげまで剃り、秀忠の一家臣としての姿勢を貫いて、人々の好奇の目を退けた。

境遇が利勝を育てた。父と弟のそばで地道に職務に励んだ結果、政道を担うにふさわしい強靱な器量を身に付けた。繁栄のために、個としての己を捨てる生き様を、利勝は家康の後ろ姿に教えられた。

将軍の子――。同じ境遇にあるという利勝の思いが、正之を遇する行動につながったのかもしれない。

「過ぎたるは猶《なお》及ばざるがごとしと申します。節度なきやり方は、人々の不安を煽《あお》り、政情を乱します」

正之の声がひときわ大きく響き、利勝は我に返った。

予言するかのように、正之が言った。

「いずれ、徳川を陥穽《かんせい》へと陥らせるでしょう」

その言葉に、一瞬、たじろいだ。やっとの思いで言った。

「節度なきやり方と申されるが、われらは公明正大にやっております」

利勝がその言葉を発した途端、聞いていた正之の目が、一瞬、光ったような気がした。優し気な涼しい目にふさわしくない、射るような目の輝きを感じた。

「公明正大……」

「いかにも」

坐したままの正之が、両膝頭に手を置いた。

「されば申し上げます。駿河様の死に関して、ご公儀は虚偽を交えて上様に伝えていると存じております。これは公明正大とは言えないものではございませぬか」

虚を衝かれた思いがした。利勝の顔が下を向き、畳目に視線が泳いだ。

息を一つ吐いて顔を上げた。

「何をもって虚偽と言われるか」

「駿河様は自らのご意志で自害したわけではございますまい」

正之の目がまっすぐ自分を見つめている。その目を見て、何かを知っていると察した。

「誰から聞き及びましたか」

正之が天井を仰いだ。

「誰からも聞いてはおりませぬ。わたしには、駿河様が自ら命を絶たれたことがどうしても解《げ》せぬのです」

漏れたと覚悟した利勝は、意表を突かれた。

「それはまた、いかなる理由からですか」

「死が伝えられる数日前に、駿河様直筆の嘆願書が届いたのです」

まさか……。

駿河大納言忠長は、保科正之が弟だと知っており、自城に招く仲だった。逼塞中の高崎から天海《てんかい》、崇伝《すうでん》らにも、家光への取り次ぎを頼む書状が届いたという。だが、誰も相手にしなかった。切羽つまった忠長が実の弟である正之に書状を送ったとしても、たしかに不思議ではない。

「何と書かれていたのですか」

「屋敷が鹿垣《ししがき》で囲われているのは、安藤の一存か、それとも上様のご沙汰か。上様にご本心を訊ねてほしい。そのような内容が書かれておりました」

「肥後守様に宛ててそのような……」

「嘆願の文が届いたばかりなのにその返答も待たず、自害なさるのは筋が通りません」

重苦しい雰囲気が部屋の中に張りつめた。今さら、惚《とぼ》けても隠し通せるとも思えない。

利勝は覚悟を決めた。

「公方様の弟君である肥後守様には、包み隠さずにお伝えしましょう。駿河様にはご快復の見込みはありませんでした。このままでは、いずれ将軍家に禍根を残す、と上様のおそばに仕える六人衆は、一計を案じ、密かに高崎の安藤殿に、鹿垣の囲いを指示いたしました。さすれば、こちらの存念を慮《おもんぱか》っていただけるのではないか、と」

正之が目を見開いた。顔に非難する色が浮かんだ。

「暗に自害を促したと……」

「六人衆は彼らなりに徳川のためを考えたのです。一旦は助命を望んだにしても、駿河様も、結局、徳川の行く末に思いを巡らせて自らお命を絶たれたのでございましょう」

「お待ちください。駿河様は、介錯《かいしゃく》もなく、亡くなられたと聞き及んでおります。切腹なら、よほどのご覚悟と言えるでしょう。しかし、作法にものっとらず付き人すらいなかったというのはおかしいとは思いませぬか」

その意味を考えるために、少しの間があいた。

「たしかに」

介錯人は、正副二名をつかわされるのが習い。介錯人なしには、切腹で簡単に死ねるものではない。正之は、介添えなしに切腹をしたという点を訝しんでいた。

記憶は色あせていた。だが、高崎藩主の安藤から届いた書状にも、忠長は誰もいない座敷で切腹していた、とあったはずだ。利勝は、それを錯乱しての自害と考えたが、果たして本当にそうなのだろうか。

「わかりました。駿河様の自害の一件、いま一度確かめさせましょう」

三

十日後――。

利勝の前には、松平伊豆守信綱が坐している。

家光が生まれた時から小姓として仕えただけあって、隙がない。家光は、秀忠が亡くなるとすぐに信綱を「宿老並《しゆくろうなみ》」にしてこの子飼いの家臣の昇進を図り、今では年寄衆の一人に加えている。六人衆と呼ばれた家光側近の一人でもある。

信綱は、四十前の精悍な風情で、駿河大納言忠長の自害のいきさつを語った。惣目付の柳生但馬守宗矩《やぎゆうたじまのかみむねのり》に、高崎藩主の安藤重長《しげなが》を調べさせたのだ。

安藤は、逼塞処分をうけた忠長を預かった城主だ。だが、柳生の問いに、知らぬ存ぜぬを通したという。

何かある。そう踏んだ柳生は、手下を高崎城下に遣わした。そして、真相が明るみに出た。

「安藤への使者には、六人衆の一人、阿部対馬守重次《つしまのかみしげつぐ》が自ら申し出て立ちました。その阿部対馬が、独断で駿河様に刺客を送っておりました」

「刺客っ……」

思いもよらなかった。虚を衝かれ、利勝の背筋に悪寒が走った。

「まさか。なぜそんなことになる」

大きく息を吐く利勝を前に、信綱は俯《うつむ》いた。

「誓って、屋敷を鹿垣で囲めと、それだけを伝えるはずでした」

刑場のように鹿垣で囲むことを考えたのは信綱だが、利勝もそれを黙認した。あくまでも、忠長の自発的な覚悟を促すつもりだった。

「ところが、使者の阿部対馬は、駿河様がご自害なさらぬときには、刺客に始末させる企《たくら》みを巡らしました」

信綱の声に焦燥が表れていた。

「馬鹿な。そのような出過ぎた真似をするとは信じられぬ」

言い捨てると、利勝は息を呑み込んだ。

納得がいかぬ……。瞼《まぶた》がひくつくのを感じた。

「ご公儀が駿河様の死を望んでいるなら、それを叶えるのが家臣の役目だと思ったと申し開きをしております」

利勝の思いを汲んだ信綱が、阿部対馬の意図を説明した。

話の筋は通る。六人衆は家光が幼き頃より小姓として仕えた者が中心だ。連中は時に、家光に律儀すぎるほどの忠義だてをする。過剰な忖度《そんたく》をしてもおかしくはない。

だからといって――。

「自害と闇討ちでは意味が全く違う。もしこれが表に出て、上様に知れたらいかなることになるか……」

信綱は返事をしない。家光は、弟の忠長を案じていたし、死んだと知ると体を壊した。

信綱もそれは十分承知している。

利勝は落胆のため息を吐いた。

「いやしくも公方様の弟君を刺客が抹殺したとすれば、ゆるがせにはできない。われら幕閣も責めを負うことになろう」

そう聞いて、信綱がゆっくりと口を開く。

「それが、駿河様は討ち取られたわけではありません。刺客の一隊を斬り倒したとのことでございます」

「なんと。それはいかなる……」

驚きのあまり、言葉に詰まった。あとは、信綱が説明した。

腕に覚えのある数人が、刺客に遣わされたという。彼ら刺客は、逼塞中の忠長を訪問したように見せかけ、忠長と同席した折に、話のはずみで諍《いさか》いになったように装った。万が一にも、将軍家光の名に傷がつくことのないように偽装したのだ。

だが、襲われた忠長にも武芸の覚えがあった。逆に、刺客を斬り伏せたという。

(斬り伏せただと……)

本当なのか。そう簡単には、信じられない話だった。御前試合開催に熱心だと聞いたことはある。だが、忠長がそこまでの腕とは想像していなかった。

ふと、思い当たることがあった。忠長の罪状には、辻斬りも指摘されていた。もしかすると、果たし合いに近いものだったのかもしれない。そんな想像さえ浮かんだ。

「たしかに、刺客がお命を奪ったのではないのだな」

利勝は念を押した。

「御意にございます。駿河様は、上様からの刺客と思い、悲嘆にくれたのでございましょう。刀で頸部《けいぶ》を突いて、俯《うつぶ》せの状態で絶命された由にございます」

最後は自害だったと聞いて、生気が戻った気がした。

「だが……。将軍家の弟君に刀を向けたのは、われらの不覚でもあるな」

言い終えると、利勝はひとしきり沈黙した。胸にある憤りを鎮めるためには、しばらくの時が必要だった。

呼吸が整うと、利勝は腕組みをして首を捻《ひね》った。

「阿部対馬も安藤もなぜ、本当のことをわれらに言わなかったのだ」

いや、黙した理由はわかっている。

安藤は、迂闊《うかつ》なことを言えば自分に累《るい》が及ぶ。阿部対馬もまた、黙したほうが、都合がよかった。刺客を送った証拠は何もないからだ。もし、この一件が表沙汰になれば、それを口実に今度は自分の家が取り潰されかねない。波風を立てて目を付けられるのを恐れたのだ。

（深い穴に落ちた気がする……）

保科正之は何と言ったか。十日前のやり取りを思い出していた。

節度なきやり方は、不安を煽り、政情を乱す。いずれ徳川を陥穽へと陥らせる……。

正之の予言は正しかった。

「この件、上様のお耳には……」

信綱が暗い目をしながら、心配そうに呟いた。

「お伝えすれば、また気鬱の病がひどくなるは必定《ひつじょう》。上洛を控えたこの時に、それだけは避けねばならぬ。しばらくの間、他言無用と心得てくれ」

家光の繊細な心を誰よりもよく知る信綱は、大きく頷いた。

四

翌朝、寝所で目を覚ました利勝の腹に、激痛が走った。

臍《へそ》の右側の奥を錐《きり》で穿《うが》たれたような鋭い痛みがある。経験したことのない症状に、奥歯を噛み締めた。苦痛に耐えながら、陽が高く昇っても起きられなかった。

（虫気《むしけ》か。このような痛みは覚えがない）

六十二歳。もはやいつ寿命が訪れてもおかしくない。あと五年か十年か。自分が死ぬまでは徳川将軍家は続いていよう。だが、死した後、徳川の世はどうなるのだろうか。

怠らず行かば千里の果ても見む　牛の歩みのよし遅くとも——。

家康の残した句を諳《そら》んじてみた。千里の道の果てに見せたかったのは、この風景なのか。

昨日聞いた忠長の自害の話が蘇った。

不祥事を起こした大名家の取り潰しは、やむを得ない処置のはずだ。が、家臣は行き場を失い、世に牢人は増える。結果、恨みも買う。だからといって、不祥事に目を瞑《つぶ》り、穏便に済ませるのが正しい政道とはいえまい。

結局、忠長の一件では、自害を促そうとしたために、刺客を送るという行き過ぎが起きた。忠長の家臣や従者たちは、そのやり方を卑怯と見るだろう。そうした者たちが、幕府の大名統制は相手を罠にはめるものだという噂を流すのだ。

利勝による罠を警戒する噂も、そうした経緯《いきさつ》から出たのだろう。

(これで事情は理解できた)

では、根も葉もない非難まで、黙って甘受しろというのか。実際に不祥事を起こした大名を野放しにしろというのか。噂を流す世間というものは、その問いには答えない。世間の軽挙妄動が、正しい政道まで妨げようとするのだ、とも思った。

利勝の実父が家康だと打ち明けないのは、意趣返しにも似た感情の表れだった。諸大名は、棟梁の血を引く者におもねって、身を粉にして陰で尽くす者を顧《かえり》みない。しかし、徳川家の治世が長く続けば、天下安寧のために誰が必要だったか、たとえ燕雀《えんじゃく》でさえ気づくことになる。その時こそ、誰が鴻鵠《こうこく》だったのかを思い知るがよい。そう思っていた。

だがその結果、姦計《かんけい》がまかり通り、阿諛《あゆ》追従《ついしょう》ばかりの政道を築いただけならば、たとえ千里の道を行こうと見えるものなどありはしない。

（まるで袋小路のようだ）

解決の糸口は見えなかった。

その日、利勝は、将軍家光と上洛準備の進み具合を話すことになっていた。

城内には、大小さまざまな格の大名が集まる。ご家門やご譜代だけに許される溜《たまり》の間から順に、官位や知行に応じて部屋の格式が定められている。普段なら厳《おごそ》かにみえるその格式に、いまは虚しさを感じながら、利勝は、御座の間に向かった。

「上洛に際して保科肥後を侍従《じじゅう》に昇進させる件は、手筈《てはず》通り進んでいるのか」

上段の間の家光は、生気の漲《みなぎ》った顔を見せた。潑溂《はつらつ》とした声が部屋の中に響いた。

「禁裏の公家衆との連絡も密に取っておりますれば、抜かりはありません」

それを聞いて、満足そうに頷く。将軍家光は、異母弟の保科正之を上洛に同行させ、二人の姪にあたる明正《めいしょう》天皇に拝謁させるつもりであった。

「肥後にはその旨、すでに知らせたのか」

「まだにございます」

「早々に伝えるがよい」

「承知しました」

大名旗本の中には、いまだに保科正之が家光の弟だとは知らない者たちも数多くいた。侍従としての正之の参内は、そのことを天下に示す機会になる。

御所に向かう家光に従って、他の侍従の面々と共に警固する正之。その姿を想像するだけで、利勝の胸に静かな喜びが溢れる。

正之は、父の秀忠と親子の対面を許されなかった。正之が将軍家光に御目見えした折には、家光自ら西の丸の秀忠に対面を勧めたが、秀忠はその申し出を断った。利勝は名乗り合わなかったものの家康のそばで幼き頃より仕えた記憶があるが、正之にはそれすらもないのだ。

だから、利勝には親代わりのような気持ちがあった。正之の元服の際には、所持していた名刀青屋長光を贈った。二十一になってようやく元服した正之の成長を、人知れずに寿《ことほ》いだものだった。

秀忠がなぜ親子として対面しなかったのか、はっきりとはわからない。しかし、傍らにいた利勝には感じるところがあった。

家康が、長子の家光を将軍後継者に選んで以来、秀忠は家康の意を汲むようになったのだ。それは「秩序の維持・固定」という判断だ。時代の流れがそれを要求した。能力によって後継を選ぶという考え方もあるが、長子相続という一律の判断のしかたは、秩序の安定に適していた。争いを未然に防ぐからだ。しかも正之は最初から将軍候補として生まれた子ではなく、親子の間柄を公にすれば、世継ぎを決めるに当たり新たな火種となりかねない。為政者として、そうした懸念を未然に防ぐという、確固たる判断があったのだと思う。

家康が選び、秀忠がその意を汲み取った将軍――。彼は、いま上段の間に座っている。選択は正しかった。その感慨を抱きながら、利勝は、家光を仰ぎ見た。

「ときに、上様。お耳に入れておきたい話がございます」

扇子をたたんでいた手を止め、家光が見返してきた。

「じつはそれがしに関する噂が出回っております。大名を改易する口実を探していると、言われる有り様でございます。ご上洛を控え、まことに申し訳もございませぬ」

利勝は、噂を手短に家光に伝えた。大名家を取り潰すために、利勝が罠をしかけているという内容である。

「そなたが罠をかけたというのか……。くだらぬ噂など取るに足りぬわ。父上が幼き頃より、そなたを頼りにし、諸大名の相談を一人で引き受けていたのを知っておる。そなたが大名たちを配下として扱っているかのように映るから、そのせいで反感を買ったのだろう」

家光は動じなかった。むしろ、利勝を気遣う素振りさえ見せた。

「あらぬ疑いをかけられたからといって、取り乱してはならぬぞ。わしの信は揺るがぬ。これまでの苦労に、礼を言うぞ」

「滅相もないことでございます。上様におかれましても、ご上洛の出立の日が近づいておりますれば、あまり根を詰めて執務に勤《いそ》しまれることのなきよう、お頼み申しあげます」

一度垂れた頭《こうべ》を上げながら、利勝は家光を見た。こちらを向きながら微笑《ほほえ》んでいる。その顔には、全幅の信頼が感じられた。そんな家光を仰ぐ利勝の胸を、氷のように冷たい風が吹き通った。

忠長の死の真相。いまさら、言えるはずがないではないか。

利勝は、何も告げることなく、その場を立ち去った。

五

保科肥後守正之が登城してきたのは、それから数日後のことだった。

着座した正之に、利勝は、家光の意を伝えた。

「こたびの上洛では、今までにない大行列となりましょう。洛中においては、肥後守様を含む数名に、侍従への昇進が仰せつけられる手筈となっております」

侍従の内示を聞かされた正之の顔に、さすがに驚きの色が表れた。今回の侍従昇進者は、ご家門を除けば、いずれも十万石から四十万石の領地高ばかりで、三万石の保科家には異例の計らいである。

「しかと承りました」

ほっと胸を撫《な》でおろしながら、利勝は正之を見つめた。その顔には、同じ歳だった頃の弟秀忠の優し気な面影があった。

秀忠は、凡庸を疑われるほど温厚で、出過ぎた行いを慎み、先代の家康の言を素直に受け入れていた。

それに対して、先日会って政道のあり方を説いた正之は、温厚でありながら自らの説をてらわずに述べ、秀忠とは違う性質に思えた。利勝が教えなくても、自分の道を進む姿があった。

「ときに、前回お会いした時に、いまのやり方ではいずれ行き過ぎとなり、徳川を陥穽に陥らせると申されましたな」

「はい」

「じつは、肥後守様の危惧が現実のものとなりました。駿河様の死に関することでございます」

利勝は、駿河大納言忠長の自害の経緯《いきさつ》を話した。

命令を受けた者に手違いがあり、刺客が送られたこと。忠長は切腹ではなく、頸部に刀を突き刺して死んだこと。そのすべてを包み隠さずに話した。

正之はじっと聞き入っていたのち、一言だけ訊ねた。

「上様には、お伝えしたのでしょうか」

「お伝えしようと思ったのですが、話せぬままです」

「そうですか」

答える正之に、非難めいたところはなかった。

利勝は一つの問いを発した。

「諸大名を力で抑えようとすれば、行き過ぎが起こるならば、どのようにして治世を行えばよいと考えますか」

「力だけでなく、時には思いやる心も必要ではないでしょうか。政にかぎらず、〝仁〟をもって臨むよう心がけております」

「よき師に学んだのでしょうな。やはり、先代の肥後守殿からですか」

正之の顔にわずかな笑みが浮かんだ。

「わたしに仁を教えてくれたのは、大炊頭様、あなたさまでございます」

思わず息を呑んだ。

そう聞いても、己とは無縁の話に聞こえた。忠長の自害を望んだ自分を顧みた時、徳川の治世のためには邪魔者を排除しようとする己に気づいた。法度の違反があれば、大名家の取り潰しに容赦しない己があった。結局、諸大名の力を削ぐことばかりに意を注いだと、利勝は認めざるをえなかった。仁などとはほど遠い。

だが、正之は続けた。

「孤立したわたしに、幸松丸という名を与えてくれたのも、亡き大御所様から紋付きの小袖を譲り受けてくれたのも、大炊頭様ではありませんか。その後、見性院様のご助力をいただいたのも、保科家に養子に入れたのも、すべて大炊頭様のおかげだと心得ております。あなたさまがいてくれたから、今のわたしがあります」

思いも寄らなかった。刺客の話を聞いて以来、常に煩悶があった。自分の政に仁はあったか、義はあったか、繰り返し問いかけてばかりいた。それなのに、改易政策により多くの政敵を排除した利勝が、正之に仁を教えたのだと、この若者は申し立てている。

「わたしは、大炊頭様に命を救われました。それによって、ご政道の使命は、江戸の町にある一つひとつの家に宿る命を、生かしていくことだと教えられました。教えてくれたのは、大炊頭様でございます」

信じられない思いで、利勝は正之を凝視した。

公にされない将軍の子を支える一心で、利勝は、数多《あまた》の人に正之を託した。正之はそのことを覚えていた――。

さまざまな人に助けられた経験は、正之の中で、他者を思う心につながったのかもしれない。見性院からは、義をおろそかにしない生き方を学び、保科正光からは、他人に譲る礼の心を学んだことだろう。そうやって周りの願いに応えるようにして、正之は生きてきたのだ。人々から受けた恩義を、政に活かすことで感謝を示す腹なのだ。

利勝は唇を小さく震わせた。

正之は、仁を教えたのは利勝だという。その一言が重くのしかかった。

仁を教えたのが利勝だと正之が言うなら、その信頼を裏切ることはできない。仁を成すには、自分の良心に忠実でなければならない。けじめをつけるのだ。

力を込めて拳を握っていたせいで、自分の指の節は血色を失っている。そうと気づいて、代わりに正之の長い指に目をやった。

かつて自分の手をつかんだ小さな手を思い出した。

あの手が今では大きくなり、命を生かしていくのが政の使命だと信じている。

自分が将軍の影ならば、命を吹き込もうとする正之は、将軍の威光を闇の中でもあまねく照らす月のような存在だ。

正之のもたらす千里の果ての政を見てみたい。そう思った。

三か月後の八月末――。

家光の参内は、寛永十一年（一六三四）の七月十八日だった。

上洛は滞りなく終わった。

将軍家光も、供奉《ぐぶ》した利勝も江戸に在った。

家光の上洛は、供奉人数じつに三十万七千人。馬上の京都所司代を先頭とする行列の中で、将軍家光は輿《こし》に乗って進み、そのすぐ後ろに少将と侍従の面々が騎馬で従った。行列の中には、颯爽と進む侍従・保科正之もいた。先駆けて参上を命じられていた四品《しほん》以上の外様大名たちは、その姿を目にしたに違いない。

雅《みやび》好きな京の人々は、将軍の豪壮な行進に目を瞠《みは》り、喝采を送った。

利勝は、改めてその光景を思い出していた。

将軍家光と弟正之。参内する二人を瞼に焼き付けたのだから、もう心残りはない。

登城した利勝は、将軍家光に拝謁を求めた。

「侍従に昇進した者たちの中で、肥後の領地高が格段に低いようだの」

「仰せの通りでございます」

着流し姿で寛《くつろ》いでいた家光は、利勝が謁見を申し出ると、改めて肩衣《かたぎぬ》に着替えて現れた。まだ十分でないという表情で、呟いた。

「肥後をご家門として披露したものの、領国のこともいずれ考えねばならぬと思っておったところだ」

「それは良いお考えです」

「将軍の弟ともなれば、それにふさわしい立場にせねばならぬ。急がずともよいが、近々ふさわしい地を見つけなければならぬぞ」

「心しておきましょう」

「そなたは幼き頃から肥後を知っておったのだな。将来が楽しみであろう」

その姿を見られるのなら、これほど嬉しいことはない。だが、このまま年寄に居座り続けるわけにはいかない。利勝にはその前にまずすべきことがあった。

自分の良心に忠実に生きるのだ。

駿河様ご自害の件のすべてを家光に打ち明ける。千里の道の果てを見るために。

その結果、将軍家光は激怒するだろう。だが、たとえ逆鱗《げきりん》に触れようとも、それを受け入れる覚悟ならある。新たな時代が来て、自分の役割はすでに終わったのだ。そう気づいた利勝は、年寄職から身を引くつもりだった。

家光を仰ぎながら口を開いた。

上様、実は申し上げたき儀がございます――。

夢幻の扉

一

旗本をあなどらせたりはせぬ。

ここに来るまでは、町奉行加々爪《かがづめ》忠澄《ただずみ》もそんな思いで自身を鼓舞していた。江戸城桜田門内の保科肥後守正之の上屋敷である。大名小路に立ち並ぶ豪奢な屋敷群を見るたび、泰平の世とは誰のためのものだったのかと、苦渋の情が湧きあがるのを止められずにいた。旗本の暮らし向きとはあまりにも違いすぎる。日頃から大名に対しては敵意にも似た感情を抱いていた。

祖父の代からの旗本——。身を盾にして将軍を守り、徳川の今の礎《いしずえ》を作ったのは旗本だという自負がある。相手が出羽山形藩二十万石だろうとなにするものぞ。そんな心境で呼び出しに応じてやって来た。

だが、そのような素振りを露骨に表すわけにはいかない。忠澄は、深々と平伏して慇《いん》懃《ぎん》に挨拶をした。

「加々爪忠澄にござります。失礼つかまつります」

顔を上げると、庭の景観が目に飛び込んできた。保科邸の書院から見る庭は白《しろ》砂《さ》礫《れき》が敷きつめられており、周りの草木は整然と剪定《せんてい》されていた。

清々しく感じるのは、敷砂の白さと塵芥《ちりあくた》一つない手入れのためであろう。白砂礫には丹念に箒目《ほうきめ》がほどこされていた。

「ご足労、痛みいる。キリシタン改めの御法度について聞いておきたいことがござってな」

庭の白砂の光の反射を受けて微笑んだ保科正之の物腰は謙虚であり、口調は穏やかだった。

キリシタン改めは、町奉行の役目である。江戸幕府が庶政を司る町奉行の職を設けたのは慶長六年（一六〇一）だが、町奉行所という役所が設けられたのは三代将軍家光の御代寛永八年（一六三一）のことだ。その町奉行が加々爪忠澄だった。武辺一筋に育ったにもかかわらず、忠澄は治安のほか土木調査や算勘にも秀でた働きをみせ、世人の評判も高い。御法度の内容なら熟知していた。

山形藩二十万石の大名である保科がわざわざ自分を呼んだのは、このためだったのか。忠澄は胸のつかえが下りる思いがした。

そもそも保科から呼び出しを受けた時から疑問を抱いていた。山形藩主の大名が自分に何の用があるのか、と。

これまでも老中からの呼び出しなら、幾度となくあった。町奉行は老中の支配下にある役職だからだ。だが、老中以外の大名に呼ばれたことなど一度もない。大名の住む武家地は町奉行の管轄外だから、おのずと縁も遠い。

まして保科肥後守正之といえば、大名の中でも別格であった。

先の将軍秀忠が大奥に奉公する女性に産ませた子、つまり現将軍家光の異母弟が、保科正之だった。いまは三十に届いたばかりの二十万石大名だから、いずれ幕閣となり、然るべき地位を与えられるのは疑いなし、というのが巷《ちまた》での噂だった。

もちろん忠澄もその噂は聞いている。だが、将軍の弟という地位が、旗本である忠澄には別の意味をももつ。

兄弟という間柄が、とかく為政の火種となる時世である。家光と将軍の座を争った実弟の駿河大納言忠長が、幽閉された上野国《こうずけのくに》の高崎で果てた騒動は、まだ市井の人々の記憶にも残っていた。忠澄もあの一件を忘れてはいない。旗本である忠澄の忠誠は、あくまで徳川将軍家に対するものだ。それゆえ保科邸を訪れるにも、必要以上の緊張と警戒心を纏《まと》っていた。

だがこの大名は、御法度の内容を知りたがっているだけらしい。忠澄への問いは、キリシタン改めに関するものばかりだった。

「キリシタンの詮議の様子はどのようなものなのか」

「異教徒である証しはどのようにして立てているのか」

微に入り細を穿《うが》つところまで訊いてくる。町奉行として名高い貴殿に教えを乞う心積りである、などと世辞まではさんでくる。御法度の内容を知りたかったのなら、奉行の自分が呼ばれたのも腑に落ちる。保科に呼び出された理由がわかり、忠澄はいつもの能吏《のうり》に戻っていた。

「伴天連《バテレン》が崇める神をでうすと申します。でうすの御影を描いた絵を踏ませようとした時、本物のキリシタンは踏むことができませぬ」

さらにキリシタンを見つけた者に褒賞金を与える制度があること、親の命日や素行を調べ先祖の宗旨や墓を守っているかなどの行動を手掛かりにしていることを言上した。

大まかな説明を終え、忠澄が一息ついたのを見計らって、保科が別の話を切り出した。

「ときに、梶原伝九郎と申す者の詮議が奉行所で行われていると聞くが」

穏やかな声に変わりはなかった。それでも咄嗟《とっさ》に答えが見つからず、初めて忠澄は返答に窮した。梶原伝九郎を知らなかったからではない。なぜ保科がその名前を知っているのか、相手の質問に虚を衝かれたからである。

梶原伝九郎とはキリシタンの疑いありと訴えられ、奉行所の詮議の対象となっている牢人のはずだ。それがなぜ、保科の気を引いたのか。

「恐れながら、梶原伝九郎なる者は保科家家中と繋がりのある者にござりましょうか」

やや間を置いて、問いをもって問いに答えた。

そうではない、と保科はことの次第を説明しはじめた。嘆願があったのだという。一昨年の江戸の火事の時に、折からの強風で被害が甚大となり、命を落とした者やけがをした者が相当数に及んだ。伝九郎は負傷者を次々と火除け地まで運び、あるいは大声で叫んで方向を見失った者を誘導したのだという。

そこまで聞いて、忠澄にもようやく粗筋が見えてきた。おおかた、その時に助けられた者の中から寛大な裁きを願い出る陳情が出されたのだろう。老中や有力大名のもとへはさまざまなところから、建白や訴えや陳情が集まると、忠澄も聞き及んでいた。だが、キリシタンの禁制は幕府の金科玉条ともいえる法度だ。だからこそ、見つけた者には褒賞を支払ってまで取り締まろうとしている。手心を加えるつもりはなかった。

「梶原伝九郎なる者がまことに潔白であるなら、この際あらぬ疑いを晴らすためにも、今、お上に召喚され、吟味を受けることが彼の仁《か》に必要なことと存じます」

「もとより目こぼしを頼んでいるのではない――」

忠澄の警戒を察知して、保科の口調は熱を帯びた。

裁きに手心を加えれば、人は公事《くじ》を軽んじ、裁判を軽侮《けいぶ》するに至る。しかし罪を断じるにあたって裁きに疑わしい点があったときは、放置せず再三の深慮ののち判断してもらいたい、という。

「とくに罪の疑いある者への拷問は、これを加える者も最初は心が痛むが、二度になると憐れむ心が衰え、たびたびに及ぶと憐れむ心がなくなる。さらに多くなると楽しむ心さえ起こる」

保科は整然と話した。これはみな仁心が欠けるためだ、という。人はそういう性《さが》だから、古来仁心を養うことがしきりに説かれるのだ、と。

つまり保科は、伝九郎が過去に人の命を救うという善い行いをしたのだから、それに報いて、拷問による自白ではなく、明白な証拠に基づいた裁きをこの男にしてほしい、という考えなのだ。

「もしキリシタンであることがつまびらかでなければ、正しい裁決を下してはくれぬか」

保科の声は澄んでいたが、同時に断固たる決意を窺わせた。忠澄も威儀を正さざるをえない。

「しかと承りました」

否も応もなかった。保科の言葉は忠澄の内部にまで響いた。この若い大名は、忠澄が今まで聞いたこともない存念を自らの言葉で語った。

保科の表情は始終、淡泊である。表情も物腰も、相変わらず同一性を保っている。同一性を保ちながら、忠澄が絶句してしまうほど何かが変わって見えた。それは忠澄自身のこの人物を見る目が最初の時とは変わったからだろう。

そして忠澄の見る目を変えたのは、この人物の本性にかかわる何かであろう。それは果たして何なのか。

そう考えたとき、忠澄はある噂に思い至った。

それは保科正之の出生にまつわる噂だった。

保科正之は先代将軍秀忠の御落胤《ごらくいん》である。秀忠の正室はお江の方だが、秀忠は六歳年上のお江に遠慮して、庶子である保科正之に対し、親として対面をすることはなかったと聞く。生まれた男の子は、武田信玄の娘である武田見性院に預けられ、甲州武田家の血筋の者として育てられた。

その時の事情を知る者によれば、お江の方が使いを送って引渡しを求めると、見性院が、たとえ御台様よりいかなる難癖をつけられようとも我が子として育てる、と突っぱねたというのである。そうした育ての親の矜持《きょうじ》は、保科にも受け継がれているのであろう。

そういえば甲州つながりか。

忠澄は梶原伝九郎の来歴を思い出していた。たしか甲州の出だったはずだ。伝九郎と保科の間に奇妙な縁があるのかもしれない。

ふと保科の脇差しの鐔《つば》に気づいた。信家《のぶいえ》伝統の木瓜《もっこう》形の鐔だった。信家は忠澄の好きな鐔の流派である。雅を排した枯淡の中に息吹がある。花も紅葉もない代わりに豪壮さがある。その信家鐔が保科と見事に融和している。忠澄はそう感じていた。

二

「梶原伝九郎なる者をどのように見たか」

奉行所敷地内にある加々爪忠澄の屋敷はすっかり夜の帳《とばり》に覆われていた。すでに町家の木戸は閉められた頃合いだろう。

蠟燭《ろうそく》の灯りの下、書き付けに目を通したばかりの忠澄は、書見台を脇に置くと、内与力岡田時幸に、まず梶原伝九郎の印象を尋ねた。

「さよう、一言で申し上げるなら、難攻不落の堅城のような人物と見ました。話す内容は筋が通っており、弁も立ちます。それでいて、聞かれないことには口を開かず、自分からぼろを出したりは致しません」

岡田は普段からなにかと目をかけているだけあって、忠澄の注文にも誠実に対処しようという真剣な面持ちで話をした。その言はこれまでも多くの場合、信用することができた。

「訴え出たのは実の弟であったな。八太夫《はちだゆう》と申すか。こちらはどう見た」

「伝九郎に比べれば線が細く優男に見えますが、そこは武家の家柄に生まれた者。八太夫は御法度の御威光をまことに慮《おもんぱか》っておるようでございました。このたび、身内のことながら、やむにやまれぬ忠心から兄を訴え出た、と申しておりました」

八太夫が実の兄の梶原伝九郎をキリシタンとして訴え出たのは、二か月前の七月のことだ。キリシタンの禁止は町触れで江戸の庶民に周知徹底され、違反者を見つけた者は奉行所に訴え出るよう義務付けられている。同居する兄が十字架に向かって祈りを捧げているのを見たと、八太夫が町奉行所に駆け込んで来たのである。

「牢人者か……」

梶原家は、元は甲州武田の禄を食《は》んだ武士の家柄であった。父の時代に主家である名門武田家が滅亡の憂き目にあっている。長篠・設楽原《したらがはら》の戦いで織田・徳川連合軍に敗れた武田勝頼は、その七年後、天目山《てんもくざん》の戦いで織田軍に追い詰められ三十七歳で自刃していた。

その後、梶原家は主家を失い牢人となって江戸に移り住んだ。兄弟は内職や人足の職を重ねながらなんとか口を糊《のり》してきたようだった。そうした牢人者は珍しくない。世間では、主家を失ったのち武士を捨て帰農し、あるいは商人に転じる者があふれていた。だが、梶原兄弟はいまだ士官の道をあきらめてはいなかったという。

「その申し立てがまことであれば、八太夫はさぞ驚き、憤ったであろうな」

仕官先を探している折に、兄伝九郎がキリシタンであると知った時の弟八太夫の驚愕は、忠澄が想像するに余りあるものだった。

天下は徳川の時代となり、牢人が仕官するのは徳川家に恭順を示すことを意味した。その徳川幕府が禁止する耶蘇教《やそきょう》の信徒になってしまっては元も子もないではないか。その憤りが、困惑や驚嘆を上回ってもおかしくはない。泰平の世は、家禄を与えられた武士でさえ生きにくいのだ。

実際、忠澄の周りでは、御目見えの旗本でさえ窮乏に苦しんでいた。

大坂城落城により豊臣が滅び、いよいよ徳川幕府の基礎が固まって、新しい時代の予感を感じた頃がすでに懐かしかった。徳川家臣団の望みは、徳川が豊臣に代わって天下を取ること、それによって自分たちの知行、俸禄が増えることであった。

そのために信長、秀吉の時代の苦難を耐え忍び、家康と秀忠に忠誠を尽くしてきたのである。豊家という邪魔者がいなくなり、漸《ようや》く徳川の治世が訪れたというのに、だが新たな知行が増えることはなかった。

増えるわけがない。天下が統一され合戦がなくなってしまえば、土地を切り取って知行を与えることなどできない。身分も俸禄も固定してしまい、それ以上にはならない。それどころか、戦闘員としての兵士将士の役目さえなくなり、人余りの事態が生じている。武士はもののふとしての本来の働きを否定され、吏僚《りりょう》のように生きるしかない。

そこからはみ出した者は牢人となって、さらなる経済的窮乏が待っていた。牢人の多くは商人から金を借りて窮状をしのぐのが一般だった。戦さがあれば勝って俸禄が増すこともあったから返済もできたが、泰平の世になっては返済のあてがない。滞った元金と利息の支払いに生活が圧迫されていた。

あるいはそういう苦しい生活が、異国の神への信仰へと、伝九郎を向かわせたのかもしれない、と忠澄は考えた。苦しい者はおしなべて救済を求める。救済の願いが信仰と結びつくのは、いかにもありそうなことだった。

だが忠澄は、即断を控えねばならぬ、と己を戒《いまし》めた。

「身内の者は庇い合うものであろう。知らぬふりをしていればいいものを、奉行所に訴え出たのはよほどのことと思わねばなるまい」

二人の仲がどのようなものだったか調べさせよ、と岡田に命じた。

兄弟の仲が険悪なものであれば、あるいは八太夫が嘘をついているのかもしれなかった。仮に嘘をついて兄を貶《おとし》めているということになれば、八太夫の所業は許されるものではない。

「伝九郎はキリシタンだとは認めなかったと聞いておるが」

「頑強に否認致しました」

「絵踏みはさせたか」

「はい。躊躇せずに踏みました」

「踏んだのを見たのか」

「間違いありません」

「あるいは八太夫の間違いか……。伝九郎は弟の申し立てになんと申したのじゃ」

「弟の勘違いか、さもなくば仲違いしている自分への誣告《ぶこく》であろうと」

　つまり偽りの事実を作り上げて訴え出たのだろう、というのである。

「それで、どちらに理があると見たか」

「八太夫の申し立てに今のところ裏付けはありませぬ。何より、伝九郎が絵踏みをした事実は重いものと存じます」

「一理ある。だが昨今は、絵踏みも決め手にはならぬからな」

　忠澄は眉を吊り上げた。

　島原の一揆の後、キリシタン側にも変化が表れていた。町奉行である忠澄もこの変化のせいでキリシタン改めにおいて苦労していた。禁制の初期には、信徒は自ら信仰を積極的に表明していたのに、やがて宗門を擬装してキリシタンであることを隠すようになったのである。擬装信徒は絵踏みをしてしまう。そのために識別は著しく困難なものになった。

最初は信徒側も、殉教を甘んじて受け入れるのが普通だった。自分から信仰を積極的に宣言して、信仰の証しを立てることが伴天連によって奨励されたからだ。しかし幕府の過酷な弾圧は、信徒側にも対抗策を迫った。それが擬装信徒を生んだのだ。

伝九郎が宗門を擬装してでもキリシタンであることを隠し通そうとするなら、絵踏みはもはや決め手にならない。忠澄はそのことを言ったのである。

「されば、いずれに理があるかは、今しばらく虚実を見極めなければなりませぬな」

殊勝にも、岡田が忠澄の意を汲んで言葉を引き取った。

「その通りだ。そちを呼び寄せたのは、伝九郎の取調べの手立てについて伝えようと思っての」

「はい。打敲《うちたた》きにより、なんとしても口を割らせる所存にございます」

「違う。伝九郎に手出しはならん」

「えっ……」

驚きをみせる岡田の眼をまっすぐに見据えた。岡田が面食らった顔をして言葉を待っている。忠澄は一瞬、いらだちを覚えた。

「伝九郎を打敲くことはもってのほかである。これは保科肥後守様のお肝いりでもある」

つい格式ばった言い方になってしまった。

だがこういう言い方のほうが、自分の思うところを口に出すより相手の納得が早いだろう、と考えたのである。

忠澄には岡田の腹の裡《うち》がすぐにわかった。

自分を誤解しているのだ。

岡田は忠澄の意を汲もうとしている。その忠誠心は、忠澄の最も望むことを探ろうとしている。それでいて忠澄の真意を汲み取りはしなかった。岡田は、忠澄が打敲きによって伝九郎に白状させることを望んでいる、と判断したのだ。やはりな、という思いがした。

「伝九郎の取調べは、八太夫に立ち会わせて、双方の言い分に照らして行う。余計なことに気を回すな」

伝九郎には拷問を加えない。たしかに、それは保科の要請によるものだ。だがもともと、拷問を加えて白状させる吟味の仕方には、忠澄自身、腑に落ちないものを感じていた。凄惨を極める拷問ののちに咎人《とがにん》が自白したとしても、その言は信用できない場合が多かったからだ。痛みに耐えられない者は、自ら偽りの罪を背負ってでも拷問から逃れようとする。それは自明のことのように思えた。

だが忠澄が心の中でそう考えていると、誰が想像できるであろう。周囲の者は、忠澄を前に進むだけの猪武者《いのししむしゃ》と評しているのだ。

「配下の者を甲州に送り、梶原の家の墓を捜して墓参りの事実を確かめよ。宗旨をはっきりさせるのだ。併せて梶原兄弟の日頃の仲、並びに伝九郎の素行を調べよ」

忠澄の下知に、岡田は大きく頭を下げるとそそくさと席を立った。

部屋の戸が開いた拍子に、蠟燭の炎が揺らぎ、明かりと影が交錯するように動いた。

光の揺らめきの中で、忠澄はかすかな恐れを覚えていた。今日言っておかなければ、伝九郎に対する取調べは過酷を極めたものになっていたかもしれない。自分の命令がふとしたはずみで残酷な拷問を促す結果になりかねなかった。忠澄が考える己と、他の者が見ている忠澄の間には大きな隔たりがあるのだ。周囲は忠澄を、直情で動く武辺者《ぶへんもの》とみなしている。

自分を見る周囲の評価が、わずか一つのことだけで決定的な形として人の意識の中に染み込んでしまう。それは何年もの間、町奉行として差配したのちでも変わることがなかった。

このように評価を決定づけたものとは――。

(やはり大坂城落城の時のことであろうな)

忠澄は二十年以上前の若き日のことを思い出していた。

慶長二十年(一六一五)五月七日、徳川勢が豊臣方のこもる大坂城に迫ると、徳川方への内通者が放火したことから、天下の名城は三の丸から炎に包まれた。徳川陣営の中にいてこの炎を見ていた忠澄は、豊臣方の降伏が遅い、と焦《じ》れていた。堀を埋めた大坂城に昔日の守備力などない。豊臣方の降伏で戦さは終わると、その時は思っていた。将軍秀忠が後顧の憂いを絶つために豊臣家の殲滅《せんめつ》を図っていたと知ったのは、後のことであった。

城内の火がじりじりと本丸に迫った頃、忠澄ら旗本に、城内の千姫《せんひめ》を救え、との指令が出た。将軍秀忠の娘、すなわち大御所家康の孫娘で豊臣秀頼のもとへ嫁がされていた千姫を、燃える大坂城から奪還しろ、というのである。

死ぬだろうな、と思ったのはこの命令を受けた時だった気がする。

城内は文字通り修羅場だった。味方の略奪は始まっていたし、死に場所を捜す敵は道連れを求めて斬りかかってくる。庭の隅では数人の武士が固まって自刃しているのが見える。死体の数が夥《おびただ》しく、堰き止められた濛々《もうもう》たる煙のせいで足を取られてばかりいた。

いや、死ぬ覚悟をしたのは自分以外に周りの味方がいなくなった時だったかもしれない。

火は急流となって本丸の天守閣を目指していた。

気がつけば幾重もの襖に囲まれていた。

開けても開けても次の扉が現れる。

蹴破っても蹴破っても新たな襖が現れる。

まるで進路を阻む鉄壁の城門のようだった。

開けた途端に火焔《かえん》が溢れ出すことも度々だった。煙は視界を覆い、方向感覚を失わせた。

自分ではまっすぐ進んでいるように思っても、同じ所を回っていただけなのかもしれなかった。襖が多すぎて、どこを開ければいいのか次第に途方に暮れていった。

あれから二十五年が経つ。結局、千姫を見つけ出したのは別の者だった。

それでも忠澄の蛮勇は旗本どもの噂になった。

「凄まじい気迫で豊臣方と斬り結んで煙の中に消えて行った」

「加々爪殿の千姫様を捜す怒号は、今でも耳に残って忘れられない」

あの場所にいた多くの旗本が声を揃えた。

以来、忠澄に対する人物評は決定的なものになった。忠澄自身は能吏たらんと奉行職に励んでいるが、周りはいつまでも、蛮勇をもって事に当たる者、あるいは武勇一筋の者、という目で忠澄を見ている。

あの日の忠澄の記憶はすでに薄れていた。しかし、奉行として心労が絶えない日々を送っていると、なんの前触れもなくあの日を思い出すことがある。その記憶は、沈みゆく夕陽を見つめる黄昏時《たそがれどき》に、風が鳴って寝付けぬ晩に、さながら結界を破る邪気のように頭の中を覆い尽くした。そんな時はいつも、あの日の幾つもの襖の光景が、開けても開けても現れる扉の光景が、疲れた忠澄の目の前に広がるのである。

三

果たして、梶原伝九郎はキリシタンなのか。

町方の探索でも、八太夫の申し立てを裏付ける証拠は現れてこない。伝九郎とつきあいがあったのは、身元の確かな者たちばかりだった。押収した長持ちの中の書簡を調べても、過去にキリシタンとされた者との怪しいつながりは認められない。八太夫が見たという十字架さえ発見できずにいた。

このまま、お咎めなしとするほかあるまい。奉行所には、そう考える者も現れ始めた。伝九郎の持ち物の中には、書簡のほかにも何冊かの本があった。和漢の古典も含まれていたところをみると、かえって伝九郎の博識ぶりを窺わせる始末だった。肝心の本人を問い詰めたとしても、存ぜぬこと、を繰り返されればそれ以上の進展はないように思われた。

事件が展開を見せたのは、それから数日後だった。

伝九郎の所持した本の中に一冊の『伊勢物語』があった。江戸の庶民にも広く流行した本である。在原業平《ありわらのなりひら》を思わせる主人公の歌人としての人生は、江戸の町人たちの心をつかんで離さなかった。伝九郎もこの歌物語の世界に惹かれて買い求めたか、あるいは譲り受けたのだろう。

その『伊勢物語』本を一枚一枚調べた中に、自作の歌が発見されたという。しかも、歌は耶蘇教を崇める内容だった。

「明らかに墨で新たに書き付けたものでございました」

内与力の岡田がその歌を読みあげた。

——雷《いかずち》のごと厳《おごそ》かに輝けり　翼広ぐるわが神の姿

〝翼広ぐる〟神とは耶蘇教の神なのだという。詞書《ことばがき》には、「わが魂の救い」とある。

「伝九郎の字によるものに間違いありませぬ」

伝九郎が知人に宛てた書簡は集められていた。文字を見比べたところ、墨使いや字の癖が同じだったという。

忠澄は、岡田の報告を黙って聞いていた。

キリシタンが奉行所に召喚されそうになれば、誰もが危険な文書や書簡を燃やすなどして隠蔽を図るものだ。『伊勢物語』の中身まで探索が及ぶことはないと、奉行所を軽んじたのか。いや、軽んじたとまでは言えまい。

実際、忠澄自身が不思議だった。

「そのほうたち、詮議にあたって押収した本まで一枚一枚内容を読んで吟味しておるのか」

日頃、口を酸っぱくして叱咤あるいは激励して、やっと働かせている者たちだった。

一二五段からなる『伊勢物語』の余白に書かれた歌を見つけたのは、普段の働きを超える手柄に思えた。

「実を申せば、弟の八太夫より、思い出したことがある、と奉行所に訴えがございました」

八太夫は、兄の素行に不審なものを感じて以来、それとなく様子を探っていたらしい。日枝《ひえ》神社の山王祭《さんのうまつり》の当日、伝九郎が出かけたのを認め、喧噪に乗じて所持する品を調べたという。

「山王祭の当日か……」

忠澄の脳裡に、きらびやかな山車《だし》行列の鉦《かね》や太鼓の音が鳴り響いた。日枝神社の山王祭は、将軍家が祭礼費用を援助する御用祭である。山車や御輿《みこし》が江戸城内に入ることを許されていた。町衆が鉦や太鼓を打ち、掛け声をかけながら練り歩く一大行事だ。だが、六月の山王祭からはすでに三か月ほど過ぎている。

「まて。今さら幾月も前のことを思い出したというのか」

「それが、近頃その時の祭りの話が出て、そこでやっと気がついたようでございます。

なにしろ大きな行事なので、手前もあの日の行いなら忘れておりません」

そう言われて、忠澄も山王祭の日を振り返った。将軍家光が上覧し、奉行の忠澄も警護の指揮をとっていた。たしかに、あの日のことならよく覚えている。それは市井の者も同じかもしれない。

「相わかった。先を続けよ」

その祭りの日、八太夫は以前に見た十字架を捜してはみたが、それは見つからなかった、という。だが伝九郎がしきりに目を通している本の表紙を覚えており、それを手掛かりに幸いにも『伊勢物語』本の中に先の歌を見つけた。十字架の印象が鮮明だったためにそちらに気をとられて歌のことは忘れていたが、思い出して注進して来たのだという。

「そういう次第ゆえ、奉行所でも押収してあった『伊勢物語』を一枚一枚調べたのでございます」

忠澄は苦笑を禁じえなかった。それでも経緯がどうあれ、調べが一歩進んだことには変わりがない。奉行所の調べが始まった際、『伊勢物語』を火中にしなかったのは、伝九郎の落ち度のように思えた。少なくとも奉行所がこれに気づいたことを伝九郎が知らない今なら、攻めるのはこの点だろう。

「キリシタン禁止の御法度破りの件につき、伝九郎の糾問《きゆうもん》を行う。兄弟の言い分を調べるゆえ、呼び出して対決を申し付けよ」

翌日——。

奉行所に梶原兄弟が召喚された。

二人は、忠澄のいる畳の間から、五間ほど離れた白洲で正座をしていた。伝九郎は小柄だが総髪で色黒く、眼は静かな光を宿して澄んでおり、そのせいか容貌は凜としていた。吟味方与力の訊問に静かな声で答えている。

弟の八太夫はというと、なるほど優男の外貌ではあったが、声は伝九郎よりも大きく、言葉は聞き取りやすい。

吟味方与力は弟八太夫に、兄を訴え出た存念を申せ、と命じた。

「キリシタンはわが国において神敵仏敵ゆえに」

徳川幕府がキリシタン禁制を構築していった背景には、「日本は元是神国なり」という国家観の下、キリシタンは邪法を広め、正宗を惑わし、日本を覆すことを目的としているという認識があった。そのため伴天連の追放に始まり、布教の禁止という流れになった。島原でキリシタン農民たちが大規模な一揆を起こしてからは、その弾圧に容赦していない。

人の道に照らして兄を許せない。そう力説する八太夫の訴えは、幕府の方針に沿うものだ。

吟味方与力は、次に伝九郎のほうに向き直った。

「八太夫の訴状によれば、そのほうがキリシタンだとあるが、それに相違ないか」

「思いもよらぬこと」

伝九郎が言下に否定した。

「そもそも、自分は絵踏みも済んでいるはず。これ以上身の潔白を明かす必要がどこにございましょうや」

一歩も引かない構えだった。

この時の忠澄の関心は、二人の言葉よりもその表情に向けられていた。

この二人は互いにどのような接し方をするのか。この場において互いに敵意を見せるのか。忠澄の注意はこの点に集中していた。表情のわずかな変化も見逃すつもりはなかった。

だがこの兄弟は、奥に座る忠澄の考えを読んでいるかのように、何の手掛かりも与えることはなかった。二人はまったく目を合わさずに、まるで相手がそこに存在していないかのような態度で、訊問に答えるだけだった。

奉行所に居並ぶ配下の者たちの表情には、諦観が見て取れた。弟八太夫が耶蘇教の祈りを聞き及んだという証言をしても、多くの者は怪訝な表情をしたまま推移を見守るだけだった。

その雰囲気を感じ取ったのか、伝九郎が声を荒らげた。

「弟八太夫を拷問すれば、このたびの公事訴訟が虚言に基づくものだと判明するでしょう」

それを聞いて、忠澄は初めて口を開いた。

「あれをもて」

ほとんど同時に、内与力の岡田が廊下から現れた。

その手には『伊勢物語』本が握られていた。

その本の表紙を認めると、今まで無表情で座っていた伝九郎の顔に、一瞬苦渋の表情が浮かんだ。落ちつきなく体を揺らして、ばつが悪そうに座相を整えた。まだ、肝心なことは何も言っていない。だが、伝九郎の動揺は明らかだった。

吟味方与力は『伊勢物語』を受け取り、中を広げると、件《くだん》の歌を読みあげた。そうして伝九郎に問いただした。

「この本は、そのほうの『伊勢物語』に相違ないか」

伝九郎に刹那《せつな》の逡巡《しゅんじゅん》が表れたが、両手を前につくと深々と頭を下げた。

「これまでにござる。ご公儀のお手を煩わせ、失礼つかまつった」

「そのほうが書き付けたものだな」

「いかにも」

「そのほう、キリシタンだな」

「仰せの通りでございます」

このやり取りで吟味方与力は奥にいる忠澄を振り返り、判断を仰ぐ仕草を見せた。

観念して罪を認めた伝九郎に、忠澄にも一つ訊いておきたい疑問があった。牢人の身の困窮や生活の厳しさなら、忠澄にも想像できる。だがキリシタンであれば、その状況から救われるというのか。

「耶蘇教の神に帰依《きえ》した理由を訊こう」

伝九郎は少しの間考えていたが、やがて答えた。

耶蘇教の教えの中に預言者の罪の物語があった、という。神に違背し、恐れ、後悔し、罰を受け、その罰を感謝し、最後に救いと歓びを得たその物語に惹かれたのだ、と。

「この国の神仏では救いは与えられぬか」

この問いにも、伝九郎は時をかけて言葉を選んだ。

「善ならんとする者よりも善なりとの評判を望む者のほうが多いように存じます。この国の神仏にお力があるのなら、どうしてこれを放置しましょうや」

忠澄はその言葉の意味を考えた。だが、もとよりその答えを出すのは、忠澄の役目ではない。

「梶原伝九郎。その咎めは追って沙汰を下す。それまで入牢を申し付ける」

伝九郎が諦観した表情で忠澄の下知に礼をした。

「立て」

与力の一人が大音声をかけ、下男が伝九郎を引き立てて行こうとしたその時――。

忠澄は肌に違和感を覚えた。あるいは、何かを失う、というような喪失感と言ってもいい。戦場であれば、殺気を感じた、と言い表せるような感覚だった。

素早く見回して、その違和感の元を見つけた。

忠澄が見たのは弟八太夫の一筋の涙だった。

兄を訴えたはずの弟が、目も合わさずに無表情のまま涙を落としたのである。

四

伝九郎が入牢してからのちは、忠澄がこの件を思案する時間がかえって増えた。いや、増やしたと言っていい。配下の者に事細かに指示を与え、指図して調査を促した。いずれ事情が明らかになるだろう。鷹揚《おうよう》に待ちながら積み重なる事実を冷静に考えることで、多忙の中にも気を紛らわしていた。

折しも用人が内与力岡田の訪問を告げて来た。

岡田は入ってくると、手応えを得た顔を見せて座った。

「わかったか」

「はい。神田佐久間町の永田屋から金を借りているようです。返済も滞っており、梶原の家も苦しかったのは間違いありませぬ」

昨今は旗本でさえ爪に火をとぼすようにしてつづまやかに暮らしている。梶原の家が苦しい生活を余儀なくされても、驚くことではない。忠澄の予想した通りの窮状だった。

「使い道は調べたか」

「あの二人は老いた父母を抱えております。しかも母御のほうは病に伏せっていると聞きました」

「であれば、薬を買うにも金がいるというわけか」

伝九郎の歳で父母がいるとなると、父母の歳は自分よりかなり上のはずだ。金も必要だが、世話をするための人手もかかる。

老父母を抱えていると聞いて、梶原兄弟の切迫した生活が見えてきた。

「それよりもっと気になる話も耳にいたしました」

「聞こう」

「梶原兄弟の腰に差す大刀のうちいずれかは竹光ではないか、と」

「どういうことだ」

交互に外出する時の二人の差し料は同じ物なのだという。ということは、同じ刀を外出の時だけ腰に差しているのではないか、というのである。もう一本は竹光に決まってますよと、口さがない町人が笑い種《ぐさ》にしていたという。

牢人といえども武士である以上、腰の刀は魂に等しい。兄弟で同じ刀を腰に差すなど、聞いたためしがない。

「それがまことなら、一本の刀は金に替えたか、あるいは質草か」

「二人が連れ立っているところを見た者は探しあぐねましたが――」

岡田が鼻息を荒くしながら、自分の見解を披歴《ひれき》する。

「もし同じ刀を腰に差すような関係なら、仲違いする間柄のはずはありませぬ」

忠澄の脳裡でさまざまな考えが巡った。仲違いしていないなら、弟が兄を訴え出るというのは理不尽にも思える。いや、仮に訴えそのものが二人で示し合わせて芝居を打ったものだとしたら――。

弟八太夫のあの涙を思い出した。褒賞金目当てに、伝九郎がキリシタンに成りすまして自分を訴えさせたと考えれば、弟のあの涙の説明はつく。だが、極刑になってまで芝居を打とうとする者が現実にいるとは、にわかに信じがたい。白状した内容のとおりに伝九郎がキリシタンだったとして、身内から罪人を出した恥を嘆いての涙なのかもしれないではないか。

八太夫を問い詰めて真意をただしたかった。だが、これまでの話だけなら詰めが甘いのは明らかだった。

「伝九郎が、耶蘇教の教えの物語を知っていた点はどう考えるか」

「恐れながら、天草四郎の一揆の折にも、江戸の町衆はしきりに噂話に花を咲かせておりましたゆえ……」

あの程度の話なら誰でも知っている、という。

意外だった。町衆の話というものが自分の想像をはるかに超えて広まっていることに驚いた。

だがもう少しの所にいるのに、それでいてやはりまだ足りない。手が届きそうで届かないのを、忠澄も自覚していた。

大坂城で煙に巻かれ、行き場をなくした感覚が蘇る。開けても開けても、きりがなく現れる襖の光景が目の前に浮かぶ。行く手を遮る扉が、幾重にも立ちふさがる——。

おぼろげに糸口が見えて来たのは、翌日、甲州からの書簡が届いてからだ。

甲州は梶原伝九郎の生まれた地。その地の役人の話を聞かせるために、奉行所は人を派遣していた。派遣された男が差出人だった。

その書簡には、前年の盆の頃、梶原兄弟が連れだって先祖の墓参りに来た事実が書かれていた。寺の僧は、江戸から遠路訪れた梶原兄弟を忘れてはいなかった。二人はわざわざ挨拶に来て、読経のための布施を済ませて行ったからである。甲州役人の宗門の調査でも、梶原家の宗門は仏教とされていて、怪しい点は見つからなかったという。

　こうした調査は奉行所が率先して行っていた。親兄弟の年忌をつとめているかどうか、先祖の墓を守っているかは隅々まで調べ上げた。一定の寺に墓地をもち、葬儀や法要はもっぱらその寺の住持に依頼する「檀家制」が、この調査に貢献した。ここまでしなければ、隠れキリシタンは摘発できない。だが、こうした隠れキリシタンを摘発するための調査が、この件では逆に梶原伝九郎がキリシタンでないことの証しとなったのは、奉行の忠澄から見れば、皮肉と言えば皮肉だった。

「これで伝九郎がキリシタンではないと推量することはできよう。が、前年の盆以後にキリシタンになったと言い逃れするやもしれぬな」

　その場合、やはり問題となるのは『伊勢物語』に記された歌の書き付けだった。その筆跡はまさしく伝九郎のものだ。歌に耶蘇教の神を示して、「わが神」と詠んでいる。普通は気づかれないような余白の書き付けだけに、本人のまことの心の表れとみるのが、理にかなっている。たしかに、キリシタンの証しとしてこれ以上のものはない。

　だが、その書き付けを発見した経緯が気に入らなかった。八太夫は訴え出た際には触れなかった話を、後日になってわざわざ奉行所まで教えに来ている。

　その概要は、日枝神社の山王祭の日に、八太夫が兄の留守の間を狙って『伊勢物語』の中に書き付けを見つけたまま忘れていたが、思い出したので奉行所に届け出た――。

「いくら何でも都合がよすぎよう」

忠澄の嘆息を間近で聞いていた奉行所の者たちからも、解決の具申はなかった。

沈黙が場を支配し、ただ時だけが過ぎていく。外の陽射しが奉行所の一角を照らし、忠澄の手にする『伊勢物語』本の中の絵を煌《きら》めかせている。その輝きを見て、ふと気づいた。この本の紙はことのほか新しい……。

と、その時、部屋の中の一人が同僚に話しかけるのが聞こえた。その会話の中の言葉が、なぜか忠澄の気を引いた。

「そこで話をしていた者。なんと言ったのか、いま一度申してみよ」

問われた者が、いきなりのことに驚いた表情を浮かべる。重苦しい声でおずおずと口にした。

「手前は『嵯峨本伊勢物語』の活字版を所持している、と申しました」

「活字版……。その呼び名からすると、『嵯峨本伊勢物語』には他にも種類があるのか」

その者は質問の意図がわかり、ほっとした表情で答えた。

「たくさんの種類があります。お奉行の手にしているのは木版本にございます」

忠澄は本を見つめ、しばらくの間考え込んだ。

やがて全員に命じた。

「この『伊勢物語』本の板元《はんもと》をあたれ」

五

幾日かが過ぎ、町奉行加々爪忠澄の役宅にも秋が深まっていた。

その間、奉行所が罪悪を審理した記録は十数件にものぼった。忠澄は奉行所に出仕すると、与力が提出した調書の山に向かう。書類を読み、疑わしいところは貼紙をつけ、全部を読み終わると、担当する与力を呼んで自分の意見を述べ、場合によっては再調査を命じた。訴状を丁寧に読み、調書を確認して判断を下した。

暮六つ（午後六時頃）を過ぎた頃、役宅でも書類に目を通す忠澄のもとへ、内与力の岡田が報告に来た。

「白状したか」

「はっ。すべてお奉行が見通したとおりでございました」

八太夫は事の真相を語ったらしい。中間《ちゆうげん》に淹れさせた茶を、忠澄は静かに飲んだ。目線の先には、文机《ふづくえ》に置かれた伝九郎の『伊勢物語』がある。

慶長十三年（一六〇八）、水運開発で知られた角倉了以《すみのくらりようい》の子・角倉素庵《そあん》が本阿弥光悦《ほんあみこうえつ》の協力を得て、『伊勢物語』を出版した。嵯峨本とも角倉本とも呼ばれる。当初は木製の活字を組んで印刷する木活字版であった。この木活字版は、木製の活字が破損しやすいこともあって、大量印刷には不向きだった。増刷する時は再び木活字を組み直すので、破損した活字を入れ替えなくてはならない。奉行所の一人がたくさんの種類があると口にしたように、江戸だけでも複数の種類の版が出回ることになった。こうした中で、木活字を一字ずつ組むのではなく、版木を彫って刷るいわゆる木版印刷本が生まれた。手軽で安上がりな、大量出版にも対応できる印刷本である。

伝九郎が所持していた『嵯峨本伊勢物語』は、後者の木版印刷本だった。

忠澄は、この木版印刷本が出版された日付を確かめようとした。

内与力の岡田がその板元を苦労して見つけ、日付を探った。すると、木版印刷本が出版されたのは、山王祭の後だと判明したのである。

なにしろ木彫り職人ときたら、三か月以上前の山王祭の山車を見に出かけてしまい、仕事を休んだのでございます。板元は、三か月以上前の当日の出来事を覚えていた。仕方がないので、板元自身も麴町《こうじまち》隼町《はやぶさちょう》の日枝神社まで山車を見に行ったという。印刷できたのが山王祭の後だったことは間違いようがない、と語った。

とすれば、弟八太夫の供述と食い違いが生じる。八太夫はこう述べたからだ。

山王祭の日に喧噪に乗じて持ち物を調べ、『伊勢物語』の中に伝九郎自作の歌を見つけた、と。

「山王祭の日に、まだ存在しない木版本の『伊勢物語』を見たはずはないのだ」

「八太夫もあの『伊勢物語』が出回った時期まではまるで考えていなかったようで、己の迂闊さに恥入り、観念した様子でした」

八太夫の証言が虚言であれば、それを受けてキリシタンだと白状した伝九郎も嘘をついたことになる。

「ところで、理由はやはり、親か」

「さようで」

梶原伝九郎には老父母がいた。牢人の身で一家を養うには限界があった。帰農するか、町人に転じて商いをするか、いずれにせよ武士を捨てなければこの困窮を生き抜くのは難しい。伝九郎は武士の家門を再興するために牢人を続けたが、内職や人足の職では老父母を養い切れなかった。そのうち母が倒れた。

キリシタンを訴え出た者には賞金が与えられる——。幕府の褒賞金制度を知ったのは、そんな時だった。

伝九郎はこれに一縷《いちる》の望みを託した。弟八太夫を前に、自分をキリシタンだと偽って訴え出よ、と迫った。弟八太夫も、背に腹はかえられずに了承した。

問題は、偽キリシタンだと見破られずにすませる方法だった。二人で策を話し合った。手元にあった『伊勢物語』にキリシタンの証しとなる自作の歌を書き付け、奉行所に見つけさせればいい。そう決めて、二人で歌を考えた。耶蘇教を崇める歌こそ、最も重要な擬装策だったのだ。計画どおりに、奉行所は『伊勢物語』を押収していった。それが七月のことである。

ただ、兄弟には誤算があった。事の次第《しだい》が露見せぬよう、伝九郎はひとまず嫌疑を否認する段取りだった。だから、絵踏みでも絵を踏んだ。奉行所の取調べによって『伊勢物語』本の自作の歌はたやすく発見されると決めつけていたので、それを契機として罪を認める手はずだった。ところが、九月に入っても、発見された様子がない。やむを得ず、八太夫が奉行所に赴いて、発見を促す申し立てを行うはめになった。単に、歌の件を突然思い出した、と言えば疑われる。そこで、誰にとっても記憶に残りやすい六月の山王祭の日に発見したことにして、辻褄《つじつま》を合わせるつもりだった。

お白洲での兄弟対決の時、八太夫に促された奉行所がすでに歌を発見しているだろうと、伝九郎には見当がついていた。だから安心して、弟を拷問にかけるよう、たきつける芝居も打てた。

だが――。手元にあった『伊勢物語』が、山王祭より後に出版されたとは、二人とも知らなかった。八太夫の証言の中の日付が、仇となったのである。

八太夫の涙がなければ、忠澄もこの狂言訴訟を見透かすことはできなかっただろう。もし八太夫に、あの涙をこぼさなければ事はうまく運んだろうに、と告げたら、八太夫は何と言うだろうか。いや、八太夫は兄が引き立てられて平気でいることなどできまい、と忠澄は思う。そして涙をこぼすような弟であればこそ、伝九郎も後顧の憂いなく命をかけてまで八太夫に家を託したのだと思った。

もとよりキリシタンであるとの裁きが下れば、伝九郎の命はない。だが昨今では、大名が死ぬとそば近くに仕えていた家臣も追い腹を切って殉死するのが一種の流行りになっている。戦場での活躍が期待できない泰平の時代には、禄高を増やすには、自分の身を捨てて殉死するのがひとつの手段だからだ。

もちろん主君に対する忠義もあるが、そこに禄高を増やすという損得勘定が働いていると、忠澄は見ていた。それならば、牢人が命をかけて、家門のために褒賞を得て再興を期待する行為も、本質は同じではないのか。あくまで個人よりも家格を大切にする価値観の下では、伝九郎の行為も等しく許される行いとは言えないか。

(家名再興のために、むざと命を捨てる、か)

牢人の転身が当たり前の風潮の中で、武士としては見事ともいえた。武士が己の立場に汲々として、戦闘員としての本分を忘れ始めた世にあって、一涼の清々しささえ覚えた。

しかし、ご公儀を欺《あざむ》こうとした咎はどうなる。奉行である以上、狂言で訴え出た者を放置することはできないだろう。ほかに何か方策があるというのか。そう考えると、忠澄は身の置き場がないような無力感に囚われた。

見上げた夜空が赤く燃えているように見える。

（また、大坂城のあの光景だ――）

忠澄の前に、火焔に包まれた無数の襖の扉が出現した。

開けても開けても行く手を塞いでいたあの扉の光景が、頭に浮かんでは消えた。

六

保科肥後守正之の屋敷の庭は、相変わらず綺麗に手入れが行き届いていた。

白砂礫が明るくすっきりとした景色を彩って目に優しい。ふと白い敷砂の箒目が前回来た時とは違っていることに気づいた。同じ客には異なる箒目をつけて、訪れる者の目を楽しませているのであろう。今日は海の小波を表しているのか、波の形に箒で掃かれている。

庭全体からのどかさが表れていた。

梶原伝九郎の案件の詳細を記した書簡は、すでに届けてあった。もともと、保科の意向で忠澄が差配することになったのである。その報告はなるべく早いうちがよいだろうと、祐筆に内容を考えさせ、忠澄自身がしたためた。目の前の保科は委細を承知しているはずだ。

保科は田圃の刈取りの進み具合を忠澄に尋ねるなどして、今年の収穫を気にしているような素振りを見せていたが、やがて本題に入り伝九郎の処遇の話に移った。

「梶原伝九郎はキリシタンではありませんでした。老親を養うために弟と図り、キリシタンを装った由にございます」

「そうらしいの」

今日までに忠澄の腹は決まっていた。武士として見れば、伝九郎の行為は心中を察して余りある。老親のために命を投げ捨てる心意気には、見事ともいうものがある。しかし、奉行としてみれば、公儀を謀《たばか》った今回の件は必罰に値すると言上しなければ、ぞんざいなりとの誹《そし》りを免れないであろう。忠澄は小器な己を感じながら、保科を見つめた。

その視線を受けて、保科がおもむろに口を開いた。

「梶原伝九郎をわが山形藩で召し抱えようと思う」

予想しなかった保科の言葉に、自分の耳を疑った。

褒賞金を得ようとご公儀に偽りの訴えを起こしたのは、当然、お咎めを受けるしかあるまい。そう思っていた。下手をすれば極刑というところなのに、今度の件はお目こぼしをする心積りなのか。それにしても、お召し抱えになるというのは信じられなかった。

だがそこで、はたと気づいた。もしも梶原伝九郎が保科家家中の者ということになると、この件は町奉行の手には負えない。江戸において、武家地は町奉行所の支配外である。大名家にかかわり合いのある者になんらかの疑いがあっても、あくまでも知らぬ存ぜぬで通してしまい、事件そのものが有耶無耶《うやむや》にされることは多い。

「老中や大目付の方々には話を通してある」

忠澄の心を見透かすかのように、保科が言葉を継いだ。

では、すでにこの件はご公儀の知るところとなったのであろう。ということは、場合によっては保科自身があらぬ噂を立てられることがあるかもしれないのではないか。キリシタンの疑いで訴えられた者を召し抱えたりすれば、ご公儀から御法度破りの言いがかりをつけられるのではないだろうか。

なんといっても大名改易やお取り潰しの例は枚挙にいとまがない。ご公儀は有力大名の力を削ぐことにより安定を図ろうとしている。それが忠澄の見立てだ。大名はこぞって戦々恐々としており、将軍家光の弟ではあっても、あらぬ疑いをかけられる事態は避けるべきなのだ。

「慮外ながら、肥後守様におかれましては、その理由をどのように……」

申し立てた内容が気になっていた。その受け答え次第で、保科の立場は大きく変わるであろう。

「梶原伝九郎の親を想う孝心、武士の鑑《かがみ》である、とな」

保科は静かに笑っていた。

その笑みに促されて考えを巡らした忠澄にも、閃くものがあった。

徳川幕府は世襲である。個人の能力でなく血縁を権威として諸大名を統合しようというのだから、君主に対する忠心や親に対する孝心を説く朱子学がもてはやされている。戦国の世におけるような下剋上の思想は、泰平の世において排除しようというのだろう。

だから巷では、忠孝思想が奨励されているのだ。主君に対する忠義心を奨励するのと同じように、親に対する孝心が賞されている。伝九郎の孝心は仁政の見地からは尊重されなければならない、と押し通してもご公儀の立場に反するものではない。保科は、幕府の繊細な部分を巧みに突いたのだ。

あるいはまことに伝九郎の孝心を表彰する意図があったのかもしれぬ。

保科は早い時期に武田見性院を喪《うしな》い、その後も若くして養父と死別したと聞く。その来歴が肉親の情を敬わせる気性につながったとしても、あながち不可思議とは言えないだろう。

それにしても——。

忠澄は思う。多くの者が忍従の日々を過ごす存在にすぎないはずなのだ。忍従の日々は大概、悲観を生むだけだが、時として希望を引き寄せることがある。今日は何かが変わるかもしれない、という希望である。その希望のみを抱いて多くの者が朽ち果てていく。幾重もの扉が邪魔をして立ちはだかるのだ。だが一方で、あっさりとその希望に向かって束縛から解き放たれる者がいる。自分の行く道につながる扉を頓着なしに開けてしまう者がここにいる。

高貴な者が陥りやすい虚飾がない。

為政者に共通する固執がない。

忠澄は、保科正之をそういう男と見た。

忠澄の思いはやがて、今も牢獄にいるであろう梶原伝九郎の身に移った。この知らせを聞いた時に、あの朴念仁《ぼくねんじん》のような表情の男が涙をこらえることができるだろうか。さらに伝九郎の年老いた両親のことを思った。これから路頭に迷うこともなく、仕官した伝九郎を見た時の感慨はいかばかりだろうか。そして今、目の前に座る保科に何かを伝えたくなった。労《ねぎら》いでもいい、感謝でもいい、年上の者として何か気持ちを表す言葉をこの若い大名にかけたくなったのだ。

それでも結局、忠澄はただ黙っていることしかできなかった。奉行として伝九郎を救う方途を思いつかなかった己を鑑みる時、相手に対する辞令的な言葉はかえって不遜になるような気がした。また、ただ黙っているだけでも自分の気持ちはこの為政者に十分に伝わるように思えたのである。

実際、この感情はなんだ。お互いに黙っているだけなのに、相手がそこにいるというだけで、懐かしい友に会った時のような、くつろいだ気持ちになっているではないか。

屋敷の庭の上に広がる今日の空は蒼く深い。付近の厨《くりや》あたりから竈《かまど》の煙がいくつか立ち上っているところをみると、江戸の町にもそろそろ昼が訪れているのだろう、と、忠澄はぼんやり考えていた。

明日に咲く花

徳川家光は江戸城内でその生涯を閉じた。年始めから体調を壊し、養生のため諸儀礼を嫡子の家綱《いえつな》に委ねていたが、四月に入って容態が悪化すると、そのまま息を引き取った。享年、四十八。徳川幕府の骨格を作り上げた三代将軍は、まだ十一歳の家綱を残して慶安四年（一六五一）にこの世を去った。

家光が死去したその夜のうちに、家光の厚情を得ていた大政参与の堀田正盛、老中の阿部重次、御側出頭《おそばしゅっとう》の内田正信が殉死した。

幕府が武家諸法度の補訂により殉死を禁止するのは、十二年後のことである。当時、追い腹は武家にとっては誉れであり、世間でも美徳とする風潮がまだ残っていた。

老中首座にある松平伊豆守信綱は、だが殉死しなかった。信綱は、家光の小姓から成り上がり、幕閣に引き上げられた経歴をもつ。島原のキリシタン蜂起では総大将となって一揆を鎮圧した勲功を賞され、武蔵忍《おし》三万石から川越六万石に知行を増やしている。

家光の優遇があればこその出世――。江戸の民はそう考えた。その信綱が殉死をしなかったことで、風当たりは強まった。

世間の心情が落首に表れている。

仕置きだて　せずとも御代は　まつ平　ここに伊豆とも　死出の供せよ

おまえがご政道をみなくても、世の中は平穏なのだから、ここにいないで追い腹を切れ――。「まつ平」と「伊豆」を使って信綱を示唆している。

そうした外聞を気にして、親類縁者の中にも、それとなく信綱に伺いを立てる者もいた。

「巷では、大猷院《たいゆういん》（家光）様のご恩に報いるのが士道だという声があがっていると聞き及びます。臆病者とそしられては、一門の名折れになりませぬか」

信綱は動じない。

「愚かな。腹切る気概をもたぬわしと思うか」

それ以上、多くは語らなかった。

信綱が家光に仕えた期間は、四十七年にわたる。家光死後も、月命日には霊廟詣でを欠かさなかった。忠誠心において随一の信綱がなぜ殉死しないのか、その理由を訝《いぶか》る者もいた。

もとより信綱自身、一度も殉死を考えなかったわけではない。主君を慕う心はもちあわせていたし、叶うならば殉死したい、と望んでさえいた。法会が無事終了し、家光の棺が大黒山の頂に埋められた夜には、ふと体から力が抜け、家光のいない寂寥感《せきりょうかん》から死を思ったものだった。

だが、死ねない理由があった。信綱は、病床の家光が口にした言葉に思いをはせた。

幼少の大納言（家綱）を頼む——。

家光の心残りはひとえに、まだ幼い次の将軍の行く末にあった。未熟な家綱を残し、病に倒れた家光の虚しさを、信綱は老中として誰よりも近くで見てきた。

当代の家綱はまだ幼く、幕臣の統率を期待することはできない。加えて、それまで頻繁に行われた大名取り潰しにより、異常に増えた牢人たちの不満が高まり、江戸の町を不安に陥れている。

この時世に自分が腹を切れば、誰が徳川家を支えていくのか——。

信綱は、その役目を思い出したのである。江戸の町を上方に匹敵する大都市に変え、徳川の治世を盤石のものにして、まだ幼い家綱の成長を待つ。それが信綱の使命といえた。だが——。

ある時、信綱はひとつの噂を耳にした。

会津二十三万石を治める保科肥後守正之が、病床にあった家光に呼ばれ、将軍輔弼《ほひつ》役として家綱の後見を託されたというのである。

保科正之は、家光の実の弟。会津中将の異名をもつ。家綱の元服に際しては、髪上げの儀の理髪役という名誉の役割を果たし、また、家光と同色の萌黄の直垂《ひたたれ》の着用さえ許されていた。家光が正之に、幼い嫡子の後見を託してもなんの不思議もない。

だが、信綱の胸には一点の疑念が生まれた。

幼君をあずけ、政道を委ねることを、託孤《たくこ》寄《き》命《めい》という。幼い将軍の補佐を頼まれた松平信綱と保科正之。託孤寄命の臣は、果たしていずれなのか、という疑念である。

一

本妙寺《ほんみょうじ》より出火――。

本郷丸山の本妙寺から出た火災が燃え広がったという報せを、松平伊豆守信綱は御用部屋で受けた。北西からの烈風にあおられ、瞬く間に湯島天神、神田明神が延焼したという。

外堀内側の御府内には、無数の武家屋敷と町屋がひしめいている。大名が妻子を江戸に置く妻子江戸在府制と、参勤交代制が制度化されて二十年余り。二百数十の大名家が、藩邸を江戸にもつようになった。武士の人口が増えると、屋敷の建設や費えをまかなうための職人や商人が流入し、町人の人口も激増した。過密になった江戸で一旦火事が起きると、大規模火災につながりやすい。

「本妙寺……。火は燃え広がっているのか」

声を荒らげて立ちすくんだのは、同じ老中の阿部豊後守忠秋だ。家光の小姓組から取り立てられた六人衆の一人とあって普段は落ち着いた物腰だが、火元が自邸の隣と聞いて動揺を隠せない。

火元付近の本郷はむろんのこと、湯島から駿河台一帯が焼け野原に変わった。それでも火は消えず、東本願寺をはじめ武家屋敷を次々と焼き払いながら、日本橋を目指して南下しているという。

「火消しは何をしているのだ」

阿部の声に苛立ちが混じっている。

「豊後、落ち着け。われらが浮足立てば、配下の者までうろたえてしまうぞ」

六歳上の信綱の声を聞いて我に返ったのか、阿部に落ち着きが戻った。

「失礼し申した。自分の屋敷が気になって頭が回りませなんだが、この城も安全とは言えませぬな」

「風が強すぎる。風向きしだいでは、上様のご動座も考えねばなるまい」

このところの江戸は、八十日以上も雨が降っていない。各所で井戸が干からびており、乾ききった路面には砂埃が舞っていた。この条件で、強い空っ風が吹き荒れると、火は容易には消えない。

「在府の大名に火消しを命じるぞ」

が、この火事で日本橋近辺にある武家屋敷も混乱しているだろう。自邸の防火や避難に手一杯で、余裕はないに違いない。下知がどこまで功を奏するかは、信綱にも判然としない。城内に張りつめた緊張は、和らぐ気配を見せなかった。

案の定、火は夕刻になっても消えずに燃え続けた。

日本橋近辺を焼いてさらに南下すると、その頃には風向きが変わり、火は西から東へと向きを変えたという。

「日本橋から城までたどりついた小姓組の番士から話を聞きました――」

阿部が眉を寄せながら近寄ってきた。

「橋の上は逃げる人と荷物で、身動きも取れぬほどだったとか」

火事には慣れているはずの江戸の町人たちも、逃げ場を失うほどの火勢らしい。その番士は死人を押し分けるように進んで、なんとか助かった。道には赤くただれた亡骸《なきがら》がうずたかく重なっていたと聞いて、信綱も言葉を失った。

そのまま夜になっても火は消えず、信綱は、阿部とともに二の丸の櫓《やぐら》に移動した。高台からは火の手が望めると知らされたのだ。

「伊豆殿、火が見えますぞ。炎が瞬いておりまする」

遠くを見ながら、阿部が目を細めた。

格子窓から外の様子を窺うと、火の広がりに圧倒された。しかも、赤い炎の塊はゆらゆらと姿を変えている。

「大気が揺れているのだ」

崩れ落ちる武家屋敷の響きも、逃げ惑う町人の悲鳴も、ここまでは聞こえてこない。だが、灰混じりの強風は、耳障りな音をたてながらまだ吹き荒れていた。このまま終わるはずがない。

「火消しに伝えよ。風が強い。飛び火が起きる。気を緩めずに力を尽くすようにと」

配下の者がすぐに駆け出して行った。

暗闇の中に広がる炎を見たことで、今までの火事とは比べ物にならないほど、被害は甚大だとわかった。火を食い止めるための手を打たねばならないが、焼け出された者たちの救済も考える必要がある。

「評議を開く。登城した老中、大目付を集めよ」

夜も遅いというのに、本丸御殿の御用部屋には、幕閣が続々と集まってきた。それぞれが有事の際の陣羽織に身を包み、行燈《あんどん》の灯に照らされて漆黒の影を周囲の壁に映し出している。大老の井伊直孝《いいなおたか》、老中の酒井忠清《ただきよ》と阿部忠秋、そして大目付二人が座した。なかには、火災で屋敷を失った者もいた。皆、未曾有《みぞう》の厄災に焦燥して言葉は少ない。

だが、無表情の顔の下では、誰もが思っているはずだ。

この強風で飛び火が起きれば、江戸城にも火の手が回るのではないか――。

まずはその対策を立てなければならない。一人ひとりの顔を見回したところで、信綱が口火を切った。

「すでにご承知の通り、こたびの火事はこれまで例を見ないほど甚大な被害を出しておりまする。明日には上様のご動座を仰ぐべきと存ずるが、いかが」

「風向きしだいでは、ここも危ない。そうなる前に段取りは示し合わせておくべきであろうな」

大老の井伊直孝が、額に皺を寄せながら同意を表した。皆が黙したまま頷く。

問題はその行き先だった。

「わが屋敷にお連れすれば、ひとまず安心かと思うが」

将軍家綱の元服の際に加冠役も務めた井伊が、自分の屋敷を提案した。屋敷は赤坂にある。が、この強風では武家屋敷の並ぶ赤坂は安全とはいえない。

しばらく、と信綱が異を唱えた。

「わしと豊後の見立てでは、万が一、城に火が燃え移った場合、江戸城の南の地域は風向きからいって無事ではない。思い切って、いま、燃えている場所より風上の北へ向かうのが吉」

鷹揚《おうよう》に構えた井伊が、先を促した。

「では、どこにする」

絵地図を広げながら、信綱は指で示した。

「火を避けるなら、一度江戸湊へ出て、舟で大川（隅田川）を北上するのが無難。小姓組や大番たち護衛の者は、舟と陸の双方で川沿いに進みまする。上野の山まで行けば、よもや火の心配はありますまい」

上野の山と聞いて、皆が絵地図を見ながら考え込んでいる。

「むろん、このわしも旗本親兵を率いて、上様を護衛する所存」

思案顔の若い酒井忠清が疑問の言葉を発した。

「ちと、遠くはありませぬか」

「これだけの厄災だ。上様の御身の安全を何より優先して算段するべきであろう。遠ければ遠いほど危難は減じるというもの」

信綱が指先で絵地図の道順を指しながら説明すると、皆から「承知」と同意の声が次々に発せられた。

「では、火が迫った暁《あかつき》には、上様を上野までお連れする。それでよろしいな」

信綱の一言を機に、幕閣たちが部屋から出て行った。

人が去って静かになると、部屋の襖が揺れて鳴らす音が聞こえた。信綱は音が鳴ったあたりに目をやった。強風がすきま風となって御殿の中まで届くのであろう。風が治まる気配は感じられなかった。

二

空が白んだ頃には、江戸の被害の概要がわかってきた。

日本橋界隈を焼き尽くした火は、八丁堀まで進んだ。さらに大川の河口にある霊岸島《れいがんじま》へと延焼し、霊巌寺《れいがんじ》に逃げ込んだ一万人近くが助からなかった。また、浅草方面には、火に追われた人々が殺到したが、浅草橋の門が閉ざされていたため二万の群衆が猛火にさらされ、亡骸が連なったという。

昼近くなると、信綱が最も恐れた報告が寄せられた。

小石川伝通院表門下で再び出火――。

胸の鼓動が、早鐘のように高鳴った。火元は江戸城から見て、真北にあたる。風向きを考えれば、ちょうど風下の江戸城に火が迫っているとみてよい。

すぐにも下知を下すつもりだった。

「火が城内に入る前に、手筈通りに上様を上野までお連れする。小姓組は上様を護衛せよ」

使番にそう告げた直後に、阿部が駆け込んできた。

よほど急いだのだろう、激しく息を切らしながら片手を突き出して制止する構えを見せた。

「待たれよ。上様はすでに西の丸に向かわれた。昨夜の申し合わせはお忘れあって、本丸にいる者たちを西の丸にお連れ下され」

「西の丸……。どういうことだ」

「それが。肥後守様のご進言があり、上様がそれをお聞き届けになり申した」

「肥後守様だと――」

固く結んだ口元から芯の強さを感じさせる男の顔が浮かんだ。

保科肥後守正之――。これしきでいちいち驚いていたら、正之の相手は務まらない。

将軍家綱にとっては叔父であり、将軍輔弼役でもある。型破りの物言いを憚《はばか》らず、一筋縄ではいかない。隠居した元年寄職からは、変わり者だとも呟かれる。かつて徳川家が諸大名を取り潰して統制を強めているさなかに、そのやり方を批判したこともあったと聞く。取り潰しによって牢人が増えれば世の中は乱れる、と主張して譲らなかったという。実際、将軍輔弼役に納まると、正之はすぐに改革を断行した。先代家光時代に改易された大名四十六家のうち、じつに二十四家は跡継ぎのない大名の無嗣《むし》断絶であった。その大きな原因が末期養子の禁止にあると考え、これを緩和し、できる限り養子を許可することにして無嗣断絶を減らしたのだ。本音を言えば、徳川家の大名統制策を変えようとする正之の無頼を敬遠したい思いもあるが、先代家光が信を置いた以上、むやみに疎んじるわけにもいかずに持て余していた。

「それで、肥後守様は何と言っておるのだ」

困り顔の阿部が、記憶をたどるように説明した。

「難儀しているのは、火に追われて行き場を失った江戸の町人たちである、と。その救済が公儀の役目だというのに、天下を統《す》べる将軍が逃げ出すかのように城外に移るべきではない、との仰せでござる」

「いかにも言いそうなことだな」

信綱の苦笑を受けて、阿部が自説を述べた。

「ただ、西の丸には広大な敷地があり、簡単には燃え移りますまい。もし先に火の手が上がるとすれば、西の丸より北にある本丸のはず。本丸が燃え、さらに西の丸にも火が移った場合には、本丸の跡地に陣屋を建てればよろしいかと。それがしは肥後守様の言にも一理あると存じまする」

幕閣や奉行の中にも、正之を支持する者が増えつつある。差配や公事訴訟で迷った時に、目から鱗《うろこ》の判断に助けられた者たちは、次々と正之になびいていく。九つほど年上のはずの阿部すら、齢《よわい》四十七の正之の信奉者だった。

信綱も、正之の将軍への忠義心は疑っていない。得難い人材だと評価もしている。だが、武家だけでなく民の生活にまで気を配るその考え方と、これまでの信綱の識見との間に溝があるのも、また事実だった。

信綱は平静を装った。

「上様が肥後守様の申し入れをお受け入れになった以上、是非もない。上様のご無事を確かめに西の丸に行くぞ」

三

信綱が、阿部忠秋を伴って西の丸御殿に入ると、家綱の小姓が近寄ってきた。大老井伊直孝ほか幕閣が集っているという。

危急時とあって、溜《たまり》の間の中程に井伊のほか酒井が座り、大目付や奉行まで集まっていた。すでに何事かを話している様子で、こちらに気づいた者は限られていた。その後ろに控えた奥勤めの者たちが、信綱を見つけて一斉に頭を下げている。進みかけた信綱が一瞬、目を留めたのは、井伊の横に保科正之の顔を見つけたからだ。

正之は、黒地に緋色《ひいろ》前衿《まええり》のついた陣羽織姿。無駄口ひとつ叩かず皆の話を聞いている。井伊が信綱に気づいて顔をあげた。

「伊豆か。上様は無事に御座の間に入られた。ここに来て座れ」

手短に火の手の状況説明を受けた。小石川新鷹匠町《しんたかじょうまち》から出た火は、水戸藩屋敷を焼き、市ヶ谷、番町《ばんちょう》へと延焼し、武家屋敷を次々に焼いているという。

「火が迫っておる。この分では城まで来るぞ。これから本丸に行き、皆の無事を見届けてくれ」

井伊の要請に、信綱が「承知」と短く頷くと、井伊はすぐさま「それとな」と付け足した。

「たったいまも、話をしていたところだ。この火事で、家屋敷を失った者があふれている。寒さと飢えで犠牲者はさらに増えるであろう。保科肥後守様から、粥《かゆ》の炊き出しをして庶民にも支給するようにとの仰せがあった。その旨、心得ておいてくれ」

粥の支給とは、米を分け与えるということだ。その米は、知行地を与えられない御家人たちに俸禄として給与されるはずの蔵米《くらまい》である。庶民に配ってしまえば、武士たちに与える俸禄が不足する事態もありうる。

信綱の胸の内に、鬱屈したものが広がる。徳川家の拠点である江戸城に火が迫っているその時に、庶民の救済策を考える了見は、信綱には理解しがたいものだった。

そうした信綱の感情を読み取ったのか、正之が口を開いた。

「この大火は、前代未聞の尋常ならざる厄災。多くの命が公儀の救済に委ねられたものと存ずる。いまは、手段は選ばずに被害を抑えることこそ何より大切。この際、平素の懸案には構われますな」

正之とて、財政の窮乏の恐れはわかっているはず。わかったうえでの申し立てなのだ。城に火が燃え移るかどうかの瀬戸際で、話を長引かせるわけにはいかない。

「委細、承知し申した」

話が途切れた合間に、荒々しく襖を開けて入ってくる足音が聞こえた。蔵奉行からの伝令が勘定奉行の耳に入り、その勘定奉行が幕閣の皆に知らせた。

「浅草の米蔵に火が回りそうだという知らせでござる。防げそうにないと申しておりますが、いかがいたしましょう」

老中の信綱と阿部、酒井が互いに顔を見合わせた。米蔵では、年貢米の収納や幕臣団への俸禄米の支給を取り扱う。浅草の米蔵は、江戸幕府最大規模を誇り、三万坪を超える敷地に倉庫群が林立していた。その浅草米蔵が燃えそうだという。由々しき事態だった。

「米が焼ければ、粥の炊き出しにも支障が生じる。火消しを送らねばならぬな」

「この大火事で出払っているのであろう。町方に人足を出させるしかあるまい」

「では、奉書にて申し付けましょうぞ」

老中たちの意見は、その方向でまとまった。

「しばし待たれよ。町人も大火で困り果てているのに、人足を申し付ければ難儀が増すばかりにござる」

黙って聞いていたのであろう、正之が横から異を唱えた。

だが、食料の確保は、焼け出されて飢えに苦しむ庶民にとっても必要なはずだ。とすれば、たとえ難儀でも火消しの人足を申し付けるほかないではないか。

正之が目を瞑って考え込んだのち、おもむろに目を開いた。閃きがあったのか、その目が光を放った。

「蔵の火を消した者には、焼け残った米の持ち去りを自由に認める。そういう触れを流せばよかろうと存ずる」

その慧眼《けいがん》に、信綱は内心舌を巻いた。

皆、食べる物に困っている折だ。人足など言いつけなくても、米を欲しがる者たちは争って火を消そうとするだろう。逃げ出そうとする町人が、火消しに変わるということだ。

正之の提案に、誰も異論を出さなかった。いや、正しくは、出すことができなかった。

「火が迫っておりますれば、それがしは本丸に行きまする。では、これにて」

話が一段落したのをみて、信綱はそこで席を立った。

本丸に向かう道すがら、考え続けた。

知恵伊豆と呼ばれ、周りから常に才気を認められたはずだった。だが、先刻の正之の着想には驚きを禁じ得ない。正之が信奉者を増やすのは、あの閃きがあるからだ。

火を消せと申し付けるのではなく、どうせ燃えてしまう米ならそれを利用し、逃げようとする避難民を火消し役に変える。信綱が感心したのは、そうした発想の転換だった。認めざるを得なかった。正之は、将軍輔弼役にふさわしい資質を備えている。先代家光が保科正之に家綱を託したのは、無理もない話だ。

本丸に着いて空を見上げると同時に、信綱は感情のもつれを振り払った。思案に暮れている場合ではない。

上空まで伸びる濛々《もうもう》たる煙が、天守に近づいていた。頰に当たる風は強い。火の粉が飛んできて天守に降りかかっている。

が、その光景を見ても一つの疑問だけは拭い去ることができなかった。

保科正之がいるにもかかわらず、なぜ家光は自分にも家綱を託したのだろう——。

その時、慌ただしく近寄る者の気配を感じた。番士らしき者が、目の前で片膝をついた。吐く息は乱れている。

「火は竹橋御門まで押し寄せております。ここもそろそろ危のうございます」

天守のすぐ北側の平川濠まで火が迫ったということだ。だが、信綱はその場を動こうとはしなかった。天守を見上げて、目に焼き付けるつもりだった。

黒塗りの天守は、家光が将軍だった寛永年間に建て直したものだ。諸国の大名を動員しての江戸城の普請には、信綱も深く関わっていた。将軍家光が普請の取り仕切りを命じたのが、信綱だったのだ。

当時の技術の粋を集めて、強固に作り上げた。天守の壁には銅板を張り、屋根は銅瓦を使った。たとえ火の粉がかかろうとも燃えないかもしれない――。

そんな期待が悲嘆に変わるまで、それほど時間はかからなかった。

天守二重目の銅窓が、強風に打ちつけられて開いた。火の粉は、開いた窓から中へと入り込んでいった。あとは見ずとも、結末は明らかだ。天守は燃え落ちる。

「天守が燃えれば、火は即座に本丸御殿に燃え移るぞ。御殿にいた者たちがいかがしたか、知っておるか」

「あらかたは西の丸に移りましたが。奥女中たちが……」

「どうした」

「表御殿の道順を知らず、まだ中で迷っている様子」

耳を疑った。奥女中たちは大奥から外の建物へ出たことがないから、表御殿の構造を知らない。迷路のように広大な御殿の中で出口がわからず、内部で迷う者が多数に及んでいるという。

表玄関近くでは、先に逃げ出した御城坊主《おしろぼうず》数人が、うろたえながら行きつ戻りつして、女たちが出てくるのを待っていた。

信綱は、そこへ駆け寄った。

「御殿が燃えれば煙が充満し、それからは目隠しをしながら出口を探すようなものだぞ」

坊主たちを睨みつけながら、怒鳴った。

「面目しだいもございませぬ」

「皆を死なせる気か。おぬしたちが案内して連れてくるべきであろうが」

その時、皆が天守を見上げた。二重目の屋根が紅蓮《ぐれん》の炎に包まれている。

天守に火が回った。

御殿に入り、迷っている者を手分けして探すほどの時間は残されていない。女たちに自力で出口を探してもらうほかない。

「よいか。各部屋の畳を一畳ずつ裏返しにして目印とし、その目印をたどって出口まで進める線を作れ。急ぐのだ」

御城坊主と番士たちに申し付けると、彼らは即刻、御殿内部へと消えて行った。

御殿の向こうでは、天守の炎はさらに大きくなり、最上階を目指して登っている。瓦が焼け落ちて地面にぶつかり、不気味な音を響かせていた。

それから間もなくして、女たちが表玄関から外へ飛び出してきた。信綱も番士たちと一緒になって、大声で西の丸へと誘導した。

女たちは目に涙を浮かべながら、西の丸へと走り去って行く。

信綱だけは、天守が焼け落ちるまで本丸に留まった。

崩れ落ちる天守を見ながら、信綱の悲嘆は煙の中に紛れていった。

四

わずか三日で江戸中を焼き尽くした大火から二週間後――。

江戸では大火の翌日から府内六か所で、粥の炊き出しが行われた。いま信綱が視察に訪れた施行所《せぎようじよ》でも、大釜の前に長蛇の列ができている。

灰を含んで舞う風のせいで、昼だというのに薄暗い。列に並ぶ人々の表情にも、疲れと寒さから暗い影が差していた。

「炊き出しをしなければ、どれほどの餓死者が出たか、想像もつきませぬ」

感じ入った様子で話しかけてきたのは、陸奥《むつ》磐城平《いわきたいら》の城主・内藤忠興《ただおき》だ。炊き出しの役目を担っている。

「焼け残った者だけでも、なんとか生き延びさせなければのう」

ここへ来る途中の光景を思い出しながら、信綱は虚空を見つめていた。生き残った者はまだいい。通りに出れば、至る所に筵《むしろ》が置かれ、その下には焼け焦げた亡骸が幾重にも重なっているのだ。多くは男女の区別すらつかないほどの凄まじい光景だった。

「米は足りているのか」

「そろそろ補充が必要でござる」

内藤が即答した。

江戸全体で炊き出しに使われる米は、一日一千俵（約五二・五トン）。それほど、飢えに苦しむ庶民が多かった。炊き出しは当初毎日行われたが、今後は隔日に給されることになっている。

「食べ物も必要だが、寒さをしのぐ方途を考えなければならぬな」

列に並ぶ者たちに目を移しながら、信綱が独り言のように呟いた。汚れた小袖を纏っている者はまだいいほうで、多くは裸同然の身なりをしている。二月に入ったばかりで寒風の吹く空の下では、凍てつくほどの寒さだろう。

「じつは、そろそろ器も不足しております」

「今頃、言っても遅いぞ。器のない者に、煮えた粥を与えてどうせよと言うのだ」

よく見ると、たしかに容器を探して右往左往する者がいる。焼け割れの茶碗で粥をすする者がいるが、大半は器すら持参していない。そうした者は仕方なく、拾った瓦の破片などで粥を受け取るありさまだった。

「握り飯も作らせるべきだな」

粥にしたのは、空腹の体にも負担が少なく、同時に温まるからだ。器がないなら、握り飯のほうがいい。

「さっそく手配しましょう。それと……」

「まだ何かあるのか」

深刻そうな顔を見せながら、内藤が指差した。

「あれでござる」

大釜に並ぶ列の向こうの大通りに、筵のかかった仮小屋が建っている。その脇には米を載せた大八車が置かれている。米を買わないか、と男が大声で呼びかけていた。

「一升枡の米（約一・五キログラム）を一両の高値で売っております」

「なんだと……」

米の不足は甚だしく、庶民の食料は欠乏している。金銀を持っている者も、米が足りないから買うことができないだろう。それを見越して、地方から米を持ち込んだ業者が法外な値段で商売をするというわけか。

怒りの衝動を抑えようとしたが、信綱の声はつい大声になった。

「あの者を、即刻追い払え」

「承知」

配下の者を従えて駆けて行く内藤の背を見ながら、信綱は腕組みをした。

米の価格の高騰――。これを抑えるのが早急の課題だった。胸に重苦しいものが宿る。

信綱は、改めて炊き出しに並ぶ人の列を眺めた。黙り込む人々の姿を見ていると、怒号と悲鳴の飛び交った大火が夢のように思える。

火が鎮まったのは、最初の出火から三日目の一月二十日朝。江戸市街は、ほぼ全域が灰燼《かいじん》に帰した。江戸城は、西の丸だけがなんとか延焼を免れた。大名屋敷一六〇軒、旗本屋敷七九三軒、町屋八〇〇町が焼失した。日本橋をはじめとする江戸中の橋がほとんど焼け落ち、集まった数万の群衆を炎が飲み込んだ。判明しただけでも三万七千人に達する焼死者を出した明暦三年（一六五七）の大火は、かろうじて収束したのである。

生き残った者と死んだ者とを分け隔てたのは、何だったのか。明確な答えはない。そして生き残った者にも、まだ生きてゆくための奮闘は続いている。

ふと、一歳ほどの幼子《おさなご》を抱いた女の姿が目に留まった。炊き出しの列の後方だ。女の目は虚《うつ》ろで、あやすように子どもに何事かを語りかけている。薄い陽の光が、抱かれた子どもの姿を冷たく照らしていた。

生気を失って黄土色に変わった子どもの顔を見て、すでにこと切れているだろう、と想像した。力なく垂れ下がった腕や首は、生きた子どものそれではない。哀れな女の目には悲しい色が浮かんで、粥を与えれば生き返ると信じているような風情であった。信綱は、そのまま身動きできずに立ちすくんだ。

同じように虚ろな目をした幽鬼のごとき人々の群れを、かつて信綱は見たことがあった。

それは、二十年前、島原・天草の農民たちが蜂起した時だった。農民らは、耶蘇《やそ》教を信仰し、天草四郎時貞を首領にして原城に立てこもった。過酷な年貢に耐えかねて蜂起した民衆は、総数三万六千。けた外れの一揆だった。

その鎮圧のため、信綱は上使として九州に派遣された。信綱が島原に到着する直前、幕府方追討軍の攻撃は敗北に終わり、指揮した板倉重昌《いたくらしげまさ》は戦死していた。直後に援軍が集い、追討軍の総数は十二万に膨れ上がる。信綱は、原城を囲む全軍を指揮する立場になる。

作戦は調略から始めた。籠城《ろうじょう》する農民に、降伏するよう呼びかけたのだ。棄教して城を出る者には助命を約束し、さらに金銀を褒美に与える恩典を匂わせた。

が、一揆側は降伏を拒んだ。驚いたことに、農民からの返書には、柿や芋などが添えられていた。食べ物はまだ豊富にある。証拠の食料をあえて送り付けることで、農民たちは、戦意旺盛な気概を示したのである。

信綱は、それでも兵糧攻めを選んだ。味方の犠牲を抑えるために、城を囲んだまま持久戦をしかけた。幾日か対峙を続けると、一揆側に変化が表れ出した。時折、夜襲を仕掛けてくるようになったのだ。一揆側の戦死者の腹を裂かせて調べると、米粒はまったく無く、麦の葉しか出てこなかった。城中に飢餓が起きているのは明らかだった。その後、すぐさま総攻撃を命じて、落城させたのである。

この鎮圧を機に、信綱を見る周りの評価が変わる。小身の出ゆえ大人数を指揮したこともないのに、大兵力を掌握し、一揆を抑えた男――。そうした賛辞は、信綱の耳にも届いてきた。

意気揚々と原城内に乗り込んだ時だった。降伏した農民たちが食べ物を求める姿を見た。皆、一様にやせ細り、弱りきった姿に宿る目の光は虚ろで、何かを訴えかけるような仕草であった。知らなかったのだが、彼らは幼い子どもたちまで籠城させていた。弱い者から先に倒れていくのだろう。自力で歩ける子どもは少なく、ほとんどが死相を浮かべて横たわったままだった。のみならず、城内の隅に掘られた穴には、餓死者の亡骸が積み重なっていた。その惨状が、城内の兵糧を断ったせいなのは明らかだ。

信綱はしばらくその場を動くことができずにいた。おそらくあの時に、民衆への畏怖が心に刻み込まれた。一揆を鎮圧した総大将が、はじめて民衆を恐怖した。そこで目のあたりにしたのは、それほどの惨状になるまで抗い続ける人々の恐ろしさだった。同時に、弱いながらも食べ物を送り付けて抵抗する意志の凄まじさをも、はじめて知ったのだ。

その時に予感があった。いつの日か報いを受けるだろう、と――。

原城が落ちて投降した農民たちと、目の前の焼け出された者たちの姿が重なる。

将軍家光が亡くなった時、報いの機会は訪れたかに見えた。しかし、家光が齢十一の嫡男家綱を信綱に託したことで、その機会は失われた。あれから六年。その家綱はすでに元服し、後見には保科正之がいる。今が潮時なのかもしれない。

報いの予感に身を委ねるとき、信綱は目に見えない民衆の力を畏怖し、為すすべもなくただ沈黙するのだった。

五

上がった米の価格をいかにして下げるか。その打開策の発見が急務となって、目の前にある。西の丸の御用部屋で執務をする信綱の頭の片隅には、常にその課題があった。そのせいか、なかなか仕事がはかどらない。精魂込めて筆をとったつもりでも、どこか気もそぞろだったのだろう。文字を間違えては、書き直しばかりしている。硯《すずり》に向かえば気も落ち着くかと思ったが、かえって裏目に出たようだ。

大火の直後から、江戸の状況を報告する飛脚を全国各地に送り続けていた。将軍は無事である。そう知らせることで、人心を鎮めようとしたのだ。同時にそれは、牢人たちがこの機会に不穏な動きをしないよう、ひとまず先手を打つ意味もあった。

信綱は筆を止めて、小さくため息をついた。

米の高騰を抑える手立てはいまだに見つからない。江戸の米は不足したままで、品薄が高値を呼んでいた。

売ろうとする者と買おうとする者との均衡で、物品の価格は決まる。品不足になれば、売られる物品に対して買おうとする人が多くなり、価格は高騰する。

その理にそって、米の高値が続いていた。金一両では二斗（一斗は約一五キログラム）しか買えないほどの米価になっていた。

むろん、価格を抑えるための通達は発した。金一両について米は七斗、と基準を示したのだ。だが、それだけで価格は下がらないと自覚していた。

脳裏には、法外な価格で米を売る男の姿があった。ああいう輩は、触れを出しただけで悪どい商売をやめたりしない。商売は形を変え、闇取引が横行するだけだろう。

買いたい者がいる限り、売ろうとする者は売る。商いはどのような事態にも自在に融通するものだからだ。違反者に重い罰を科したとしても、いまの混乱の中では、高値の商いを抑制できるとは思えない。

頭の中に深い霧が立ち込めているかのようだ。

信綱の苛立つ気配を感じたのだろう。近くにいた阿部忠秋が身を乗り出して、声をかけてきた。

「いかがなさいました」

「米の値段を下げる策に思いを巡らせていた。なかなか思いつかぬ」

「米だけでなく、食べ物全般が足りませぬ。されば、江戸府内でも盗みが横行しておりまする」

　このまま価格を制御できず、物の高騰が続けば、江戸は混乱と無秩序に襲われる。物不足の混乱の中で、秩序を得るには、量を増やさなければならない。

「地方の諸侯からの米の献上はまだか」

「遅々として進みませぬ。紀州家の献上米、一千俵はすでに売り切れました」

「このまま座して次の到着を待つしかないということか」

　各地の大名に米の献上を促してある。さらに商人同士の商いを振興するため、旗本衆に多額の生活資金を援助したことを広く触れ回った。金のある所に物は集まるから、利益を狙った商人が江戸に米を運送するよう、期待を込めたのだ。だが――。

「お聞きになりましたか。米の高値を見かねた保科肥後守様が、城への出仕を申し出ているとか」

　正之を信奉する阿部は、真相を確かめたいのだろう。

「聞いた。ご世子を亡くされたばかりだというのにのう」

　芝にある保科邸は、正月十九日の麹町からの出火によって全焼した。嫡男正頼《まさより》は品川の東海寺に避難していたが、災害の疲労からか、翌日に風邪を引き、それをこじらせてそのまま十八の生涯を閉じた。嫡男を失った直後にもかかわらず、正之は出仕を願い出ている。

「されど慣例に従えば、十四日の間は喪に服し、出仕を控えねばならぬはず。それを知らぬ肥後守様ではありますまい」

阿部がおそるおそる服忌《ぶっき》のしきたりに言及した。

「むろん承知のうえで、あえて申し出ておるのだ」

嫡子の場合、忌中《きちゅう》のための忌引《きび》きの期間は十四日間とされるが、正之は登城を強く希望した。大火後の世情不安定な時期に愁嘆している場合ではない、という言い分だった。

「なるほど。肥後守様らしいと言えば、らしゅうござるな」

「さればこそ、上様もご大老も忌御免《いみごめん》を下されるおつもりでいる」

「認めるのですか。嫡子を亡くしたばかりの登城を」

「おぬしなら、断れるというのか」

問われた阿部に一瞬、戸惑いの表情が表れたが、やがてゆっくりと首を横に振り、否定を示した。

平時なら、むろん喪に服すべきで、登城は許されない。だが、今この時、人々は家を失い困窮したままだ。城さえ焼け落ち、安泰を誇った徳川家に危機が生まれている――。

それを承知の家綱や大老、そして信綱は、全員が同じことを考えたのだ。

あの保科正之がこの状況を放置するはずはない、と。

「忌引きの期間を待たずに出仕なさるであろうな」

そう聞いて、阿部は考え込むように黙り込んだ。

信綱も、保科正之の名前が出たことで、浅草米蔵の火事の件を思い出していた。あの時の正之は、浅草の米は取り放題と触れを出させ、逃げようとする避難民を火消しに変えた。信綱が感心したのは、その発想の転換だった。

何気なしに目の前の襖絵に目を移せば、一本の太い老松が描かれていた。全体に金箔を押して豪奢の極みを表すものの、そこにあるはずの他の草木を排して大胆な余白を配置することにより簡素清潔な雰囲気を醸し出していた。

絵を見ながら、信綱は、発想を転換して米不足を解消しようと試みた。正之の考え方を、米不足の解消に及ぼすとどうなるのか――。

これまでは、米を増やすことばかり考えてきた。そのやり方では現状、米を買い求める人はなくならず、価格の高騰は止まらない。米が手に入らない人々はより一層、米を求めるようになり、価格はさらに上がる。これでは混乱を防ぐことはできない。

この混乱からの回復が鍵だった。信綱は、逸《はや》る心を押さえつけながら知恵を巡らせた。

ここで着想を変えたとしたら――。

あっ……。刹那、ある策が浮かんだ。

信綱を振り返った阿部が、口を開いた。

「何か思いつきましたか」

「気づいたと思う。だがひとつ問題がある」

「その問題とは……」

「亡き大猷院《たいゆういん》様の定めた武家諸法度を破ることになる」

信綱は、話して聞かせた。無言で頭をひねるように聞いていた阿部は、意味を了解すると満面に笑みを浮かべた。

六

江戸城本丸の焼け跡は手つかずのまま、ひと月ばかりが過ぎた。

江戸の米の値段が下がり、飢える者がなくなったのは、桜散る三月に入った頃だった。

信綱は、西の丸から本丸御殿の焼け跡まで歩いてみた。

かつての詰所《つめしょ》のあたりでは、さすがに足が止まった。思わず嘆息が漏れる。辺りはすっかり廃墟と化していた。焼け焦げた木片や崩れた石塊が一面に散乱し、足の踏み場にも困るほどだ。幕閣として多忙を極めた過去の日々までが、すっかり焼き尽くされたかのようだ。

民衆は飢餓を免れたが、焼け跡を歩く信綱の胸に去来するのは安堵ではなく、むしろ虚無感に近いものだった。

信綱が思いついた方法——。それは、在国大名の参勤を免除し、さらには江戸にいる大名を帰国させ、江戸の人口を減らすことだった。

それ以前は、米不足を解消するために、米を増やすことばかり考えていた。だが、米蔵が焼けてしまい、そのやり方では限界がある。買おうとする人が多いから、値段が上がるわけだが、江戸の人口を減らせば、米不足は解消できる。信綱は、発想を転換して、米を増やすよりも簡便な方法として、江戸在住の人数を減らしたのだった。

もともと江戸の人口増加は、武家諸法度で定めた参勤によるところが大きい。大名が江戸に来る際には多数の家来を連れてくるからだ。そこで参勤を免除し、帰国を促すことによって、人を減少させることにした。御三家の中からは、武家諸法度を軽んじることまかりならぬと反対論も出たが、保科正之が説得にあたり、どうにか実現した。

ひと月経って、その成果が表れ出している。

しかし、心は寂寞《せきばく》として沈んでいた。巨大天守が消えたことで空虚な光景が広がり、瓦礫《がれき》の中を歩く足取りは重い。

あの天守を改築するのに、どれほどの財と人員を注ぎ込んだことか——。

家光が造営した天守は、家康が建てた白一色の天守よりもはるかに大きく、しかも壁に黒塗りの銅板を張った最新鋭のものだった。その天守が、今はない。銅板、銅瓦でさえも、猛火を防ぐことはできなかった。

信綱は、焼け跡に、荘厳な五重の天守を思い出していた。

するとそこに、亡き人々の思い出までが鮮やかに蘇った。

家光の小姓になる望みを叶えてくれた二代将軍秀忠。信綱が捕まえた雀を手にして、嬉しそうに笑った幼き日の家光。増上寺のごまかし修繕を見て、姑息なことをやめよと指南してくれた大老土井利勝。懐かしい人々の姿が並んだ。そうした者たちの背後には、原城で投降した幽鬼のような農民たちが、虚ろな目で信綱を見つめている。

生きたいと願う者が、命の危惧なしに明るく生きられる世の中。その実現がどれほど難しく、どれほどの時を要することか。秩序を作り出すには、時に力を振りかざさなければならない。

そして民衆に力を振りかざした者は、いずれ民衆によって報いを受けるのだ。信綱はそのことを知っていた。

そろそろ潮時かもしれぬ。

信綱は全身を包む気だるさを感じていた。まだ灰燼や亡骸の処理は済んでいないため、腐臭が風に乗って鼻をつく。その居心地の悪さに帰りかけたその時――。

ふいに声をかけられた。

「焼け跡の視察でござるか。伊豆殿」

振り返ると、用人を少し離れた所に残し、馬を降りて近づく影がある。

自分と同じように焼け跡を見回る保科正之だった。かなりの時をかけて歩いた後なのか、正之の袴は煤《すす》に汚れ、足袋の色もくすんでいた。

信綱はその場を取り繕った。

「本丸御殿の造営の下見をしておりまする。いつ頃までに元通りの御殿を建てられるか、と」

「各所で石垣も崩れている様子。まずは石垣の普請からでござろうな」

普請には数多くの人足が必要となり、彼らの住処と食べる飯米も用意しなければならない。金の工面が必要になる。幕府の財政は悪化するだろう。

「こうして城も武家屋敷も焼け野原になった今、普請が終わるのがいつになるやら気が遠くなりますな。城の再建すらおぼつきませぬ」

つい、愚痴が口からこぼれた。

正之は信綱のほうを向き直り、顔を向けるとまじまじと見つめ返してきた。

「伊豆殿の言葉とも思えませぬ。先月の米高騰の折、伊豆殿は思いも寄らない方策を考えつきましたな。人の数を減らして、米の値段を下げる……。かような判断のできる伊豆殿を抜きに江戸の再建はありませぬぞ」

「あいにく、この老骨の出る幕とは思えませぬ。先ほどから途方に暮れていたところでござる。こたびは武家の多くも甚大な被害がありましたゆえ、同じように困惑する武士はほかにも大勢おるかと」

「江戸の建て直しは、武家だけでなく民の力をどれだけ活かすかにかかっておりましょう」

「民の力を活かすとは……」

話を理解しかねた信綱は、その意味を問うた。

「大火の起きた今、江戸の繁栄のためには武士だけでなく、職人や商人さらには百姓町人を含めた天下万民の力を借りるべきでござろう」

「この状況で、江戸の民にそのような力がございましょうか」

「なければ、支えればよかろうと存ずる。さればこそ、市中への救済金として金十六万両の支払いの裁可を、それがしより上様に進言いたしまする」

「金十六万両……。ご金蔵を空になさるおつもりか」

吐き捨てるように、信綱が異議を唱えた。だが、正之は動じない。

「ご公儀が貯えをするのは、こたびのような異変の時に使うためでござれば、いま使わなければ何のための貯えかわかりませぬぞ」

民を思う正之の慈悲の強さに、信綱は辟易するが、今さら言っても正之は信念を変えないだろう。沈黙する信綱の思いを読んだのか、正之が補足した。

「金十六万両は、民の救済のためだけに言っているのではござらぬ。民に金が回れば、必要な物を買うことになって金はさらに回るはず」

信綱は黙考した。正之の話を間違いだとするのは至難だ。金十六万両で物が買われれば、職人や農民にお金が回る。彼らが物を買えば、それを売る者が潤う。お金は回り続ける——。正之は、町人を町の建て直しの導火線にして、江戸繁栄という灯をともすつもりだ。存外、正之が正しいのかもしれない。

だが——。目の前には瓦礫の山がある。廃墟の中で、これから必要となる莫大な労力を考えるとき、胸に不安が宿るのだ。

「肥後守様のお心がけには頭が下がりまする。それがしなど、焼け跡の惨状を目の当りにして無力な己を感じるばかり」

下を向く信綱が顔をあげると、正之がまっすぐに見ていた。長い睫毛《まつげ》の下の切れ長の目が思いやりを帯びている。

「西の丸からはどの道をお通りになられたか」

その問いに虚を衝かれた。

「えっ……。蓮池濠《はすいけぼり》の橋からでござるが」

「濠は泥水で濁っておったでしょうな。昨夏の蓮の花を覚えておいでか」

「蓮の花……」

信綱の困惑顔がおかしかったのか、正之は閉じた口元に笑みを浮かべ、顔を近づけた。

「蓮は泥の中から生まれ、泥の中に薄紅の花を咲かせまする。すぐには咲かずとも、江戸の町も同じように造っていきましょうぞ」

泥の中から――。

「江戸には今後ますます人が集まり、上方を超えるほど壮大な都に変わるものと存ずる」

壮大な都――。

「この機に、市街を広げて、道や橋の整備もしましょうぞ。その難事をこなせるのは伊豆殿をおいてほかにはおりませぬ」

焼き尽くした大火を機に、それを逆手にとって、江戸の町を整備された都市に再建する目論み……。

「こたびの火事では、湯島方面の飛び火で駿河台近辺が炎上し、これが城と町屋の焼失を招いたのでござる。武家屋敷や寺社は、外堀の先か新開地に移すのが上策」

大火の前、すでに武家屋敷や町屋が完成し、人が増えることで府内は窮屈になっていた。道幅も狭く、通りには材木や薪《まき》の類が高く積まれ、火事が起これば避難が難しいと指摘する者もいた。

　突然の大火で、その街並みは焼失し、武家も町人も従来の居場所を離れて新しい住処に移らざるを得ない。混乱の中、人々の注意は目先の避難に割かれ、付け入る隙のなかった江戸市街の改造に道が開けたことに気づいていない。

　焼け跡の惨状に誰もが呆然とする中で、だがこの保科正之だけは、この機を見逃していなかった――。

「これからは府内の行き来を促して大川にも橋を架け、江戸の向こうから人を呼び、ものを買い、職人や商人にさまざま生業を興させ、国勢を育みましょうぞ」

　その考え方の壮大さに言葉を失った。家光が正之を見込んで、幼い家綱を託したのにも頷ける。

　正之の話を聞くにつけ、いつもの疑問が胸に湧いた。いや、むしろ疑問はこれまでにないほど大きく膨らんだ。

　家光は、なぜ自分にも家綱を託したのだろう――。もう一人の当事者である正之ならその答えがわかるかもしれない。そう思って訊ねてみる気になった。

「大猷院様は、肥後守様に上様を託したと聞き及んでおりまする」

「いかにも」

「大猷院様はそれがしにも、幼き上様を託す言葉を残されました」

正之が頷いた。信綱の内面を計りかねるように神妙な顔に変わった。

「なぜ、それがしにも託されたのでしょう」

信綱が思い切って口にすると、少しの間があった。

「もし託されなければ、どうなされたか」

「それがしは小姓の頃からお側を務めた間柄。むろん、追い腹を切ったはず」

「ならば、大猷院様は正しい判断をなさりました」

「というと……」

それには答えなかった。

「西の丸で所用もござれば、これにて」

正之は用人に目で合図をすると、踵《きびす》を返した。

残された信綱は、正之の最後の言葉を考えていた。

では、家光のあの一言は、信綱の殉死を阻止するためのものだったのか――。

家綱を託せば、信綱はその遺言のために生きようとする。それを見込んで、殉死を封じ込める意図だったのか。

最後に見た家光の顔を思い出した。家光は、信綱が下がるまで笑みを浮かべ続けた。

信綱に、生きよ、と、家光はそう言いたかったのか。

信綱は目を瞑った。先刻、そろそろ潮時かと考えた自分を恥じた。同じように焼け跡を見ながら、その先に別のものを見ていた正之を思った。

閉じた目には、水の上の薄紅色の花が浮かんでいた。

正之の言葉が蘇り、昨年蓮池濠に花を咲かせた蓮を思い出した。

信綱は目を開いた。

蓮は泥の中に生まれ、かつ泥に染まらない。

釈迦は蓮の台座に坐しているが、なぜ台座にその花が選ばれたのか——。

蓮は泥水の中からしか立ちあがってこない。真水ではなく、泥が必要だからだ。

正之は将軍の子に生まれながら、その出自を公にされずに育ったと聞く。その生い立ちからすれば、徳川の水だけでなく、幾多の川の水に接したに違いない。その水はいつも清澄とは限らなかったはずだ。

保科正之にも、泥が必要だったのか。

哀しみや辛さ。そうした泥があればこそ、釈迦は悟りを開いたという。

そしてまた、自分も泥にまみれている。自分にも、これから花を咲かせることはできるだろうか。

目の前には、江戸の再建という道が続いている。

そう思った途端、蓮の花の景色に、心地よい音を伴う、ある光景が重なった。

聞こえるはずはなく、見えるはずもない、本来なら……。

だが、音はたしかに聞こえ、その光景はたしかに目に浮かんだ。
普請場に響く高らかな槌音《つちおと》が。
威勢よく駆け回る江戸の民の姿が――。

主要参考文献

『会津藩家世実紀』家世実紀刊本編纂委員会編　吉川弘文館
『江戸の思想史　人物・方法・連環』田尻祐一郎著　中央公論新社
『江戸幕府老中制形成過程の研究』藤井譲治撰　校倉書房
『岩磐史料叢書下巻　千載之松』大河原長八著　歴史図書社
『慈悲の名君　保科正之』中村彰彦著　ＫＡＤＯＫＡＷＡ／角川学芸出版
『新編藩翰譜』新井白石著　新人物往来社
『知恵伊豆と呼ばれた男　老中松平信綱の生涯』中村彰彦著　講談社
『徳川家光』藤井譲治著　吉川弘文館
『徳川家光　我等は固よりの将軍に候』野村玄著　ミネルヴァ書房
『保科正之』小池進著　吉川弘文館
『保科正之公伝』相田泰三著　保科正之公三百年祭奉賛会
『保科正之　徳川将軍家を支えた会津藩主』中村彰彦著　中央公論新社
『保科正之のすべて』宮崎十三八編　新人物往来社
『松平信綱』大野瑞男著　吉川弘文館
『名君保科正之と会津松平一族』新人物往来社
『明暦の大火』黒木喬著　講談社

解説　魂を削って生まれた静謐で気骨ある一冊

本郷和人

先ずは本書に登場する人物について、本書での解釈とは別に、客観的な事績を記そうと思う。その理由はのちほど。

○見性院（?〜1622）武田信玄の次女で、母は正室の三条夫人。武田家臣の穴山信君（梅雪）の正室となる。信君の母は信玄の姉であるから、信君と見性院は元来がいとこの関係にあった。穴山家は甲斐南部・河内地方に勢力をもつ有力な国衆で、武田親族衆の筆頭に列した。天正10年（1582年）2月の織田信長の甲州征伐において、信君は織田方に内通し、戦後は武田宗家を継承することを認められた。だが同年6月に本能寺の変が発生すると上方にいた信君は宇治田原において農民の襲撃を受けて落命した。武田家は夫妻の子の穴山勝千代が当主となるが、彼も5年後に早世。穴山武田家は断絶した。見性院は徳川家康に保護されて暮らし、のち幸松丸を異母妹・信松尼と共に養育した。

○大姥局（1525〜1613）徳川秀忠の乳母。今川家臣・岡部貞綱の娘で、夫は穴山梅雪家臣の川村重忠。夫ははじめ今川家に仕え、同家の人質だった松平竹千代、若き日の徳川家康の世話役であった。夫・重忠の死後、家康に召し出され、母を亡くしていた秀忠の養育係となった。のち草創期の大奥で権勢をもった。秀忠が彼女の侍女であったおしずを妊娠させると、秀忠正妻・崇源院（お江の方）からおしずを守り抜き、無事に出産させた。生まれた幸松丸は局と懇意にしていた見性院の養子となった。

○保科正光（1561〜1631）保科氏は信濃高遠地方の国衆で、彼の祖父の代から戦国大名・武田家に仕えた。正光は武田家滅亡後に徳川家の家臣に転じ、徳川家康が天正18年（1590年）に関東に入ると、下総国多古で1万石を与えられた。その後も堅実に務めを果たし、慶長5年（1600年）の関ヶ原の戦いの後、旧領を与えられて高遠藩2万5000石を立藩する。元和3年（1617年）、徳川秀忠の庶子、幸松丸を養子として迎え、その養育に当たった。翌年に秀忠の上洛に従った功績として、筑摩郡に5000石を加増されて3万石の大名となる。寛永8年（1631年）10月7日に死去した。享年71。

正光の父・正直のもとには、後妻として家康の妹（ただし異父）が嫁いで六人の子をなしており（なお正光は先妻の子）、彼女は幸松丸が養子となったときにも健在であった。彼女によって結ばれた徳川家との縁も、保科家が幸松丸の養育先として選ばれた一因になったかもしれない。

なお、正之が秀忠の子と認知され、将来的に家名を保科から松平に変える可能性が濃厚になると（のちに実際にそうなった）、正光の弟で、家康の妹を母とする保科正貞が登用され、上総飯野（現在の千葉県富津市）に1万7000石の飯野藩が生まれて明治維新まで続いた。

○左源太（生没年不詳）保科正光の姉は信濃国衆の小日向という家に嫁いでおり、そこで儲けた子が左源太であるらしい。正光の正妻は真田昌幸の娘であるが、小日向家は真田とも何らかの関係があったようだ。この二つの縁で、左源太は正光の養子に選ばれていたと考えられる。幸松丸が高遠に入った後の事績は伝えられておらず、正光より先に亡くなっているらしい。高遠の満光寺に彼の墓という五輪塔が残されている。

○土井利勝（1573〜1644）徳川家康の生母・お大の方の兄である水野信元の庶子という。ただし、水野家の系図に利勝の名はない。土井利昌の養子、もしくは実子。土井氏の系図では、実子説を採る。土井家が三河譜代ではない、小さな家にもかかわらず、彼は家康の側近くに仕えていた。そのため家康の落胤説がささやかれる。徳川秀忠の側近として精励して地歩を固め、やがて秀忠付きの老中となる。元和8年（1622年）に家康の側近として辣腕を振るった本多正純が失脚すると、名実ともに幕府の最高権力者となった。将軍職が徳川家光に譲られると、変わらず家光を補佐し続けたが、寛永14年（1637年）頃から中風を病むようになる。翌年、体調を気遣った家光の計らいにより、実務を離れて大老となり、名誉職のみの立場となった。寛永21年（1644年）7月10日に死去した。享年72。

○加々爪忠澄（1586〜1641）徳川秀忠の家臣として「忠」の字を拝領し、関ヶ原の戦いや大坂の陣に勲功を立てて5500石を知行。目付・江戸南町奉行・大目付などを歴任し、9500石まで加増された。寛永18年（1641年）1月、江戸京橋桶町から大火災（桶町火事）が発生。大目付だった忠澄は消火活動の総指揮を執ったが、陣頭指揮中に煙に巻かれて殉職した。

○松平信綱（1596〜1662）大河内家に生まれるが、叔父で幕府財政を担当していた松平正綱の養子となる。徳川家光の小姓となってから、ずっと家光に仕えた。寛永10年（1633年）3月、阿部重次や堀田正盛らと六人衆（のちの若年寄）に任命された。5月には阿部忠秋や堀田正盛らと共に家光より老中に任じられ、辣腕を振るった。家光が没すると、阿部重次・堀田正盛は殉死したが、信綱は引き続き4代将軍の家綱を補佐した。

最後に本書の主人公についても、記してみよう。

○保科正之（1611〜1672）2代将軍・徳川秀忠の庶子として誕生。母のおしずは北条氏旧臣・神尾《かんお》栄嘉《さかよし》の娘、もしくは武蔵国板橋郷竹村の大工の娘。正之の出生は土井利勝ほか数名のみしか知らぬことであった。なお、おしずは正之とともに高遠で暮らし、52歳でこの地で亡くなった。

元和3年（1617年）、旧武田家臣の信濃国高遠藩主保科正光が預かり、正光の子として養育される。寛永6年（1629年）6月、兄の3代将軍徳川家光と初めて対面する。翌々年、秀忠の命で保科肥後守正之と名を改め、21歳で世に出た。当時の幕府には土井利勝や松平信綱、堀田正盛ら人材が豊かであったが、3代将軍家光はこの異母弟を頼りにした。正式に披露されることはなかったが、別格の扱いを受けて将軍の弟として知られるようになった。

寛永13年（1636年）、出羽国山形藩20万石を拝領した。この時、高遠の領民のうちには、善政を敷いていた正之との別れを惜しみ、山形に行く者が少なくなかったという。寛永20年（1643年）、陸奥国会津藩23万石の大名に引き立てられる。以後、正之の子孫は幕末まで会津藩主を務めた。

将軍家光は死に際して、堀田正盛に抱きかかえられながら起き上がり、「肥後よ宗家を頼みおく」と遺言した。これに感激した正之は寛文8年（1668年）に「会津家訓十五箇条」を定めた。その第一条には「会津藩たるは将軍家を守護すべき存在であり、藩主が裏切るようなことがあれば家臣は従ってはならない」と記す。寛文9年（1669年）4月27日、嫡男の正経に家督を譲り、隠居した。寛文12年（1672年）12月18日、江戸三田の藩邸で死去した。

正之は幕府より松平姓を名乗ることを勧められたが、養育してくれた保科家への恩義からこれを固辞し、生涯保科姓を通した。会津家は3代・正容の時、親藩に列され、松平姓と葵の紋を使用するようになる。

本書を読んで下されば直ちに了解できるが、作者の文章には品があり、気骨がある。恐らく何度も何度も推敲をくり返したのだろう。読みやすいのだが、緊迫感がある。登場人物たちの真摯な生きざまが迫ってきて、粛然と姿勢を正さずにはいられない。

おそらくはそうした思いを多くの読者が共有したためだと推察されるが、作者は初めての単行本である『会津執権の栄誉』で直木賞にノミネートされた。だが、直木賞の選考委員諸氏の中には、作者のすばらしさに残念ながらネガティヴな反応も見受けられた。

小説を創作する練達なプロ、大先達としての意見には、私たち読者は従うほかはない。

しかし、『会津執権の栄誉』が歴史小説として成立していることを考えると、歴史研究に長年携わってきている身としては、僭越の極みではあるが、私は少なからず異なる見解をもっている。

たとえば公表されている選評で、ある方は「エンタテイメント小説は『楽しい川下り』であってほしいと私は思います。」という。これは一つの「意見」であるはずだが、赫々たる業績を築かれた方が委員に選ばれている以上、その方の意見が尊重されることは当然であると思う。

だがこれはどうか。「戦国武将たちは、もっと能動的で動物的な血の臭気に包まれていてほしい。」この意見の基本にある認識は、歴史研究者の視点に立つと積極的な「誤り」である可能性がある。人は古代から現代にいたるまでずっと戦い続けてきた。犠牲者の数で比べたら、近代の総力戦は戦国時代を圧倒している。戦国武将がことに能動的で、動物的で、血なまぐさいかどうかは、自明の前提にならない。そうした想定の枠組みは、歴史小説の可能性を閉ざす方向に働きはしまいか。

あるいはいう。「福島県の外にいる人々にとって、それら（本郷の注：作品に登場する人物）の名は伊達政宗をのぞいてすべて無名にひとしい。そういう深刻な認識から作者は小説をたちあげていったか、と問いたい。」つまりは作中において、登場人物の説明をより丁寧にすべき、ということだろう。これは大先輩からのたいへんに有益なアドバイスと受け取れる。

しかし同じく有名か無名かという点については、「登場人物が多いうえに、あまり有名な人がいない。」という驚くほど率直な感想の表明もあった。有名な人物とその周辺しか取り上げないとなると、歴史小説の守備範囲は極端に狭められはしまいか。私は大学で講義しているときに、小野妹子が「子」とあるので女性、とするのはともかくとして、彼を隋に派遣した聖徳太子も「子」だから女性、と思い込んでいる学生に出会って愕然としたことがある。太子が一万円札の顔だった昭和は、確かに遠くなったのだなあ……。そんな「いま」だからこそ、歴史小説は読者に対し、新たな認知の地平を広げる効果的なツールたり得る。その意味で作者は、無名の人物を生き生きと造形する、得がたい語り部となっているように私は感じるが、違うだろうか。

ひるがえって、さて本書である。私は前作にもまして、文句なくすばらしい作品と受け止めている。保科正之という一人の人間の成長の軌跡を、静謐で気骨ある文章が、様々な視点からみごとに描きだしているからだ。

正之は歴史学では、「武」が重んじられていた時代が「文治」へと劇的に転換するただ中に位置した、きわめて有能な政治家として評価されている。末期養子の禁を緩めて「お家取り潰し」の数を劇的に減らし、浪人の発生を抑えて社会不安を鎮めた。殉死を禁じて、武士たちに「生きよ」と呼びかけた。明暦の大火にあっては困窮する町人を救い、江戸の町を根本から作り直した。

大きな仕事を次々と成し遂げた彼は、いかなる環境を生き抜いて才能を磨き、人格を陶冶していったのか。本書はそれを静かに、しかし雄弁に物語る。

解説の大役を一も二もなく引き受けたのは、作者の大ファンだからこそ、であった。だが、さて何を書こうかと改めてページをめくってみると、魂を削って生まれたような本書を語るに私の力量はあまりにも貧しい。

解説するなどはおこがましい。そうではなく、何か役に立てることはないか。方向性を変えて、ない知恵を絞ったところ、一つだけ思い当たった。そうか、有名な人が出てこないなどと言われぬために、登場人物の簡潔な注釈をさせていただこう。もちろん、作品は作品として完結するものであるから、そんな作業はいかにもムダであり、蛇足に過ぎない。だが、作者にエールを送りたいと切望する私ができることといえば、悲しいことにこれくらいしかあるまい。それが、貧しい思考力、乏しい想像力しか持ち合わせぬ私が漸くひねり出した答えであった。

本書をひもとくことは、諸兄姉の深みある読書体験となろう。これは疑いようのないことだと思う。私の蛇足が、そのささやかな一助になることを願い、解説に代えさせていただく。

最後になるが佐藤先生のますますの活躍を祈念する。どうかくれぐれもご自愛され、珠玉のような作品を、私たちに届けて下さいますように。

（東京大学史料編纂所教授）

初出「オール讀物」

将軍の子　二〇一八年二月号
跡取り二人　二〇一八年五月号
扇の要　二〇一八年七月号
権現様の鶴　二〇一八年九月号
千里の果て　二〇一九年一月号
夢幻の扉　二〇一一年十一月号
明日に咲く花　書き下ろし

単行本　二〇一九年　文藝春秋七月刊

DTP制作　言語社

文春文庫

将《しょう》軍《ぐん》の子《こ》

定価はカバーに表示してあります

2022年6月10日　第1刷

著　者　佐藤《さとう》巖《がん》太《た》郎《ろう》

発行者　花田朋子

発行所　株式会社 文藝春秋

東京都千代田区紀尾井町 3-23　〒102-8008
TEL 03・3265・1211(代)
文藝春秋ホームページ　http://www.bunshun.co.jp

落丁、乱丁本は、お手数ですが小社製作部宛お送り下さい。送料小社負担でお取替致します。

印刷製本・凸版印刷

Printed in Japan
ISBN978-4-16-791892-7

（　）内は解説者。品切の節はご容赦下さい。

佐伯泰英
花芒ノ海
居眠り磐音（三）決定版
深川の夏祭りをめぐる諍いに巻き込まれる磐音。国許の豊後関前藩では、磐音と幼馴染みたちを襲った悲劇の背後にうごめく陰謀がだんだんと明らかになる。父までもが窮地に陥り……。
さ-63-103

澤田瞳子
若冲
緻密な構図と大胆な題材、新たな手法で京画壇を席巻した若冲。彼を恨み、自らも絵師となりその贋作を描き続ける亡き妻の弟との相克を軸に天才絵師の苦悩の生涯を描く。（上田秀人）
さ-70-1

坂岡　真
真《ま》っ向勝負《こうしょうぶ》
火盗改しノ字組（一）
その屍骸は口から鯖の尾鰭が飛び出ていた──。火付盗賊改方の「しノ字組」同心・伊刈運四郎は、供頭・杉腰小平太ら曲者の仲間達と犯人を逐う！　若き新参侍を描くシリーズ第一弾。
さ-71-1

坂岡　真
武士《もののふ》の誇り
火盗改しノ字組（二）
伊刈運四郎ら「しノ字組」は、白兎の面を被る凶賊「因幡小僧」捕縛に失敗。別の辻斬り事件の探索で運四郎は白兎に襲われる。神出鬼没の白兎の正体は？　書き下ろしシリーズ第二弾。
さ-71-2

坂岡　真
生か死か
火盗改しノ字組（三）
「しノ字組」は極悪非道の凶賊「葵蜥蜴」を追うが尻尾すら摑めない。運四郎は一味の疑いがある口入屋に潜入するが、正体がばれ絶体絶命の危機に！　風雲急を告げるシリーズ第三弾。
さ-71-3

坂岡　真
不倶戴天の敵
火盗改しノ字組（四）
伊刈運四郎は、凄惨な押し込みを働く「六道の左銀次」を追う最中、女郎や大奥女中の不可解な失踪を知る。これも左銀次の仕業か？　「しノ字組」に最悪の危機が迫るシリーズ第四巻。
さ-71-4

佐藤巖太郎
会津執権の栄誉
長く会津を統治した芦名家で嫡流の男系が途絶え、常陸の佐竹家より婿養子を迎えた。北からは伊達政宗が迫り、軋轢が生じた芦名家中の行方は家臣筆頭・金上盛備の双肩に。（田口幹人）
さ-74-1

（　）内は解説者。品切の節はご容赦下さい。

人魚ノ肉
木下昌輝
八百比丘尼伝説が新撰組に降臨！　人魚の肉を食べた者は不老不死になるというが……舞台は幕末京都、坂本竜馬、沖田総司、斎藤一らを襲う不吉な最期。奇想の新撰組異聞。（島内景二）
き-44-2

宇喜多の楽土
木下昌輝
父・直家の跡を継ぎ、豊臣政権の中枢となった宇喜多秀家。関ヶ原で壊滅し、八丈島で長い生涯を閉じるまでを描き切った傑作長編。秀吉の寵愛を受けた秀才の姿とは……。（大西泰正）
き-44-3

戦国　番狂わせ七番勝負
木下昌輝・髙橋直樹・佐藤巖太郎・簑輪　諒
天野純希・村木　嵐・岩井三四二
戦国時代に起きた、島津義弘、織田信長、真田昌幸などの七つのストーリーを歴史小説界気鋭の作家たちが描く、想定外にして予測不能なスピード感溢れる傑作短編集。（内藤麻里子）
き-44-51

豊臣秀長
ある補佐役の生涯（上下）
堺屋太一
豊臣秀吉の弟秀長は常に脇役に徹したまれにみる有能な補佐役であった。激動の戦国時代にあって天下人にのし上がる秀吉を支えた男の生涯を描いた異色の歴史長篇。（小林陽太郎）
さ-1-14

明智光秀
早乙女　貢
明智光秀は死なず！　山崎の合戦で生き延びた光秀は姿を僧侶に変え、いつしか徳川家康の側近として暗躍し、二人三脚で豊臣家を滅ぼし、幕府を開くのであった！（縄田一男）
さ-5-25

関所破り定次郎目籠のお練り
八州廻り桑山十兵衛
佐藤雅美
河童の六と、博奕打ちの定次郎。相州と上州。二人の関所破りを追いかけて十兵衛は東奔西走するが、二つの殺しは意外な展開に……。十兵衛は首尾よく彼らを捕えられるか？
さ-28-24

怪盗　桐山の藤兵衛の正体
八州廻り桑山十兵衛
佐藤雅美
消息を絶っていた盗賊「桐山の藤兵衛一味」。再び動き始めたのはなぜか。時代に翻弄される人々への、十兵衛の深い眼差しが胸を打つ。人気シリーズ最新作にして、最後の作品。
さ-28-26